우아한 언어

이 책에 수록된 원고는 《AROUND》 매거진의 'I AM NOT
A PHOTOGRAPHER'에 연재한 칼럼 일부를 포함하고 있습니다.

우아한 언어   박선아 지음

프롤로그

소란한 세상이다. 아침에 눈뜨고 밤이 되어 눈 감기까지
기억하지도 못할 많은 말과 글이 오간다. 휴대폰으로
읽어내는 텍스트, 회의나 식사 사이로 오가는 대화,
이쪽에서 저쪽으로 서로의 생각을 전하며 살아간다.
아름답고 우아하게 살고 싶다는 바람이 있기에 그런
태도로 무엇인가를 주고받고 싶지만, 번번이 실패한다.
어떤 밤에는 '그렇게 많이 말하지 말걸!' '그 말은 하지
말았어야 했는데' 하며 이불을 걷어차고, 또 다른
새벽에는 '그 사람이 내게 한 말은 도대체 무슨
의미였을까' 하고 고민하다 잠 못 이룬다.

말과 글이 가진 정확하고 또렷한 힘이 어쩐지 버거운 날, 그런 날에는 조심스레 한구석에 숨겨둔 우아한 언어를 꺼내본다. 전하고자 하는 바를 그 언어로 표현해보기도 하고, 누군가 그것으로 만든 책을 펼쳐 혼자 방 안에서 가만히 들여다보기도 한다. 그럴 때, 나는 잠시 내가 바라는 아름답고 우아한 사람이 된다.

내가 아는 우아한 언어는 '사진'이다. 사진을 둘러싼 여러 이야기가 이 책에 담겨 있지만, 꼭 사진에 대한 것인지는 잘 모르겠다. 또 다른 우아한 언어를 아는 이가 있다면, 그 단어를 넣어보아도 이상하지 않을 것이다.

우아한 언어

배움의 감각

작은 카메라로 충분할까

대학 시절, '사진 미학'이라는 강의를 들었고 첫 수업에
선생님은 일회용카메라로 사진 찍어오는 과제를
내주었다. 디지털카메라가 보급화되며 DSLR 열풍이 불던
시기였기에 일회용카메라를 파는 곳은 많지 않았다. 여러
상점을 돌고 돌다가 안국역 근처 슈퍼마켓에서 먼지 쌓인
것을 한 대 찾았다. 손바닥에 딱 들어오는 작은 카메라.
플라스틱으로 만들어진 레버를 돌린 뒤, 셔터를 누르니
"틱" 하고 볼품없는 소리가 났다. '선생님은 이런
카메라로 뭘 찍어오라는 걸까? 모두에게 디지털카메라를
갖고 오라고 하면 부담을 가질까 봐 그랬나? 렌즈를

돌려가며 멋지게 찍고 싶은데…. ' 카메라를 주머니에
아무렇게 쑤셔 넣고 삼청동을 걸었다. DSLR을 들고
사진 찍는 이들이 많았다. 동호회에서 나온 듯한
사람들이 보였고 쇼핑몰 촬영을 진행하는 이들도
있었다. "찰칵" "찰칵" "찰칵" 명쾌한 소리가
났다. 거리를 걷던 사람들은 "찰칵" 소리가 나는
쪽을 기웃거렸다. 내 허술한 카메라에서 나는 "틱"
소리에는 아무도 관심이 없었다.

인화한 사진이 담긴 비닐 뭉치를 들고 수업에 갔다.
학생들은 책상 위에 찍은 것들을 펼쳐놓았고,
선생님은 책상 주변을 돌며 이런저런 이야기를
해주었다. "구도를 잘 잡으시네요." "이분 사진에는
위트가 가득해요." "작은 것들을 살피는 재능이
있으신 것 같아요." 그는 일회용카메라로 찍은 어설픈
사진에서 칭찬할 만한 점을 하나씩 찾아냈다.
그런 얘기를 듣고 다시 보면 정말 그런 것 같기도
했다. 내 차례가 다가왔다. "시선이 좋네요."
머리를 긁적거렸다.

"수강생 모두 DSLR 같은 카메라를 쓰고 싶은 바람이 있을 거예요. 하지만 이 수업에서 DSLR 사용법이나 사진을 잘 찍는 기술 같은 것은 가르쳐드릴 수가 없어요. 그런 걸 기대하고 수강을 신청한 이는 취소해도 좋습니다." 사진 수업인데 그럼 뭘 가르쳐주려는 거지, 다들 비슷한 생각을 했는지 강의실이 술렁거렸다. 선생은 미소 띤 얼굴로 학생들을 훑어보더니 "기술보다는 자신의 눈을 믿어보세요"라며 웃어 보였다.

수업은 매회 비슷한 패턴으로 꾸려졌다. 찍어온 결과물을 책상에 올려두고 서로의 사진에 대한 감상을 나누었다. 그다음에는 스크린을 통해 사진작가들의 작품을 봤다. 선생님은 많은 말을 하지 않았고 학생들이 여러 사진을 보며 무엇을 느끼는지 이야기할 수 있게 도왔다.
　　그러던 어느 수업 날, 앙리 카르티에 브레송(Henri Cartier Bresson)이라는 사진가의 사진을 보게 되었다. 수강생들이 여기저기서 그를 안다고 말했다. 사진 세계에서는 '거장'이라 불리는 작가였다.

"브레송이 이 사진을 찍었을 때, 어떤 카메라를
사용했을 것 같아요?" 선생의 질문에 다들 저마다
알고 있는 좋은 카메라 이름으로 답했지만 모두
정답이 아니었다. 스크린에 손바닥만 한 라이카
카메라가 띄워졌다. 오늘날에 DSLR이 유행하듯 당시
사진작가들에겐 커다란 중형 카메라와 장비들이
인기였다고 한다. 앙리 카르티에 브레송은 그런
카메라가 오히려 자신의 촬영을 방해한다고 여겼다.
주머니에 넣고 다닐 수 있는 작은 카메라를 선택했고
그것을 들고 세계를 돌아다녔다.

　　'누벨바그의 어머니'라 불리는 영화감독 아네스
바르다(Agnès Varda)의 인터뷰에서도 작은
카메라에 대한 얘기를 들을 수 있었다. 다큐멘터리를
찍는 자신의 태도를 말하던 바르다는 주머니에서
손바닥만 한 캠코더를 하나 꺼낸다. "무엇인가를
놓치고 싶지 않을 때, 바로 꺼내 찍을 수 있어요.
문제없죠. 이걸 보세요. 이것도 똑같이
고화질입니다. 이렇게 하면 찍고 싶은 욕망과 가능성
사이의 벽이 허물어져요."

'조작'되거나 연출된 사진은 나와 관계가 없다.
내가 판단을 내리는 것은 오직 심리학이나 사회학의
차원에만 한정된다. 미리 배열된 사진을 만드는
사람들이 있고, 이미지를 찾아서 그것을 포착하는
사람들이 있다. 나에게 카메라는 스케치북이자,
직관과 자생의 도구이며, 시각의 견지에서 묻고
동시에 결정하는 순간의 스승이다. 세상을 '의미'
하기 위해서는, 파인더를 통해 잘라내는 것 안에
우리 자신이 포함되어 있다고 느껴야 한다. 이러한
태도는 집중, 정신훈련, 감수성, 기하학적 감각을
요구한다. 표현의 간결함은 수단의 엄청난 절약을
통해 획득된다. 무엇보다도 주제와 자기 자신을
존중하면서 사진을 찍어야 한다.
— 앙리 카르티에 브레송 『영혼의 시선』 중에서

수업을 듣던 해로부터 십여 년이 흘렀고 사진은 내 오랜
취미가 되었다. 지금까지 일명 '똑딱이'로 불리는
콤팩트 카메라만을 사용하고 있다. 가볍고 단순한 렌즈
(단렌즈)를 가진 것으로. 취미로 무엇인가를 오래

즐기다 보면 장비 욕심이 붙는다. 친구가 망원렌즈를 사용하면 가격을 묻기도 하고, 좋아하는 사진작가가 쓰는 전문가용을 알아본 적도 있다. 좋은 도구는 빌려 사용해보기도 하고, 어떨 때는 한번 사볼까 싶기도 하지만 곰곰히 생각하다 보면 어김없이 사진 미학 첫 수업이 떠오른다.

작은 카메라는 거짓말을 하고 싶을 때, 정직할 수 있게끔 도와준다. 단렌즈로는 피사체와 나 사이의 거리를 좁힐 수 없다. 멀리서 일어나는 현상을 '줌' 할 수 없기에 그저 있는 그대로 찍어야 한다. 자세히 찍고 싶으면 내 발로 가까이 걸어가야 하고, 그럴 용기가 없다면 거리를 둬야 한다. 곁으로 갈 수 있을 만큼 친근한 것은 가깝게 나오고, 멀리서 바라봐야 하는 낯선 것은 멀게 나온다. 내가 사진을 찍는 대상은 주로 좋아하는 주변 사람들이다. 그들과 있다가 기억하고 싶은 장면을 찍을 때도 손바닥만 한 카메라는 도움이 된다. 커다란 카메라를 꺼내 셔터를 누르는 순간, 우리의 시간이 카메라 크기만큼 망가질 거다.

내게 사진은 누군가를 위한 것이 아니라 자신을

위한 일이기에 솔직한 모양으로 기록하고 싶다. 내 눈이
보았던 순간이 훗날에도 있는 그대로 남아 오늘을
이야기해주길, 그런 생각을 하며 쪼끄만 카메라를
주머니에 넣어둔다.

> 앙리 카르티에 브레송은 가장 가벼운 짐만 챙겨
> 들고 온갖 곳을 돌아다녔다. (중략) 가장 가벼운
> 짐은 배움을 통해 습득되지는 않지만, 일단 우리가
> 그것을 이해하고 나면 어디나 지니고 다닐 수 있는
> 오래된 가르침이 된다. 이것 덕분에 앙리 카르티에
> 브레송은 인물로서의 자기 자신을 없앨 수 있었고,
> 순간을 더 잘 포착하기 위해 자신을 지움으로써 스냅
> 사진에 의미를 부여했다.
> ── 『영혼의 시선』「제라르 마세의 서문」중에서

긴 계절인 겨울이 오면 혼자 방에 앉아 찍어둔 사진을
보곤 했다. 그간 찍은 필름이 수백 롤이지만 스캔한
파일을 연도와 키워드 순으로 잘 정리해두었기에 보고
싶은 사진을 찾는 것은 어렵지 않았다. 사진을 고른
뒤에는 음악을 고민했다. 시기마다 즐겨 듣던 음악이
있기에 사진 몇 장을 보고 나면 틀어야 할 음악도 쉽게
기억해낼 수 있었다. 음악이 준비되면 컴퓨터와 연결한
빔 프로젝터를 빈 벽이나 천장을 향해 켠 뒤, 마우스로
사진 파일을 모두 긁어 '슬라이드 쇼'를 클릭했다.
어둑했던 하얀 벽이나 천장이 이미지로 가득 차면,

일정한 속도로 한 장씩 넘어가는 사진들을 몇 시간이고 가만히 바라보았다. 그렇게 쌓아둔 필름을 뒤적거리다 보면 춥고 긴 겨울이 무사히 지나갔다.

'슬라이드 쇼'라는 말은 파워포인트에서 흔히 쓰이고, 영상이나 음악 편집 프로그램에서도 볼 수 있는 단어다. 내 경우에는 사진 미학 수업을 통해 알게 되었다. 수업을 시작하기 5분 전쯤, 선생님은 강의실 컴퓨터에 USB를 꽂고 사진과 음악 폴더를 열었다. 정시가 되면 불을 끄고 음악을 튼 후, 사진 폴더에 들어가 '슬라이드 쇼'라고 적힌 버튼을 눌렀다. 가사 없는 잔잔한 음악이 흘러나옴과 동시에 어느 사진가의 작품이 강의실 앞 대형 스크린을 채웠고, 선생님은 몇 분간 사진을 바라볼 수 있는 고요한 시간을 마련해주었다.

대학생이었던 내게 스크린은 익숙한 물건이었다. 교수님들은 대부분 스크린에 띄운 PPT 파일로 수업을 진행했기에 매일 그 앞에 앉는 것이 나의 일이었다. 당시 보던 화면에는 갖은 정보가 있었다. 외울 것이나 기억할 사항이 적혀 있고 그 내용을 필기하거나 녹음하기

바빴다. 이 수업의 스크린은 유일하게 말이 없는
것이라 가만한 마음으로 바라볼 수 있었다.

　　강의를 듣던 때는 시골에서 막 상경했던 시기라 잘
몰랐는데, 그 후 곳곳에 전시를 보러 다니며 알았다.
전시장에 가면 강의실에서 보던 것보다 더 정확한
'슬라이드 쇼'를 볼 수 있다는 것을. 사진 전시에
가면 작가의 슬라이드 필름을 상영해주곤 한다.
스크린에 사진을 비추는 빛 반대 방향을 보면 기계가
있고 거기에 슬라이드가 끼워져 있는 것을 확인할 수
있다. 동그랗게 줄을 세워 필름을 꽂아두면 그것들이
순서대로 돌아가며 스크린에 보이는 방식이다.
작은 슬라이드 필름을 확대해서 투영하는 기계를
'슬라이드 영사기'라 부르고, 내가 스크린이라고
부르던 화면을 '영사막'이라고 부른다. 컴퓨터에서
흔히 쓰이는 슬라이드 쇼라는 말의 원형이 영사기로
필름을 보는 일에서 왔다는 사실을 뒤늦게 알게
되었다. 영사기에 꽂은 필름은 컴퓨터처럼 소리 없이
넘어가지 않고 슬라이드를 넘길 때마다 "딱" 소리가
나는데 그 음이 필름과 퍽 잘 어울린다.

선생님 나의 선생님

내게 작은 카메라의 아름다움과 슬라이드 쇼의 즐거움을
알게 해준 '사진 미학' 강의를 진행한 선생님 이름은
'박태희'다. 수업에서 배운 것이 내 삶에 풍부한 영향을
주었는데도 선생님을 다시 뵌 적은 없어 아쉬웠는데,
잡지 인터뷰를 하겠다는 핑계로 그를 찾아갈 기회가
생겼다. 스물한 살에 들었던 수업 하나가 내게 어떤
영향을 주었는지를 설명했더니 그는 말했다.
"저는 관심 없는 것은 잘 못해요. 저에게 중요한 것을
말하는 편이죠. 제가 가장 중요하게 여기는 사진의
역사나 큐레이터, 사진가들을 이야기해요. 철저하게

제 위주로요. 항상 그렇게 하죠. 객관적으로 중요한
사람들이 많겠지만, 저는 저에게 중요한 사람들만
이야기해요. 내가 좋아하는 사람들을 이야기해야
그 부분에 대해서 책임을 질 수 있어요. 그렇지 않은
이야기는 안 하게 되고요. 어쩌면 제 수업이 편협했을
수도 있어요. 세상의 수많은 사진 강의가 있고 그중
하나인 거죠. 다른 내용은 다른 강의에서 들으면
되겠지, 싶었어요."

　　많은 사진가에 대한 이야기나 사진 미학에 대해
배웠지만 정작 수업을 진행한 교사에 대해선 아는 게
없었다. 대학에서 불어불문을 전공하고 미국에서 사진
공부를 했다는 사실 정도를 알고 있었지만, 그조차도
정확하지 않았다. 그에게 어떻게 사진을 공부하게
되었는지 물었다.

　　"불문과 대학원에 간다고 독서실에서 공부를
하던 시절이었어요. 공부하다가 놀이터에 나와서
아이들이 노는 걸 구경하던 날이 있었죠. 해가 지고
어둑어둑해지니까 애들이 다 집에 가더라고요. 그즈음
갑자기 가로등이 딱 켜졌어요. 주황빛이 켜지면서

놀이터의 분위기가 확 변했죠. 아주 인상적인 모습으로 변하는데, 그 순간 갑자기 이걸 표현하고 싶었어요. 종종 길에서도 그런 일이 있었거든요. 눈에 박히는 장면들이 있었죠. 그걸 기록할 수 있는 일이 뭐가 있을까, 고민하다 사진을 떠올렸어요. 시간을 벌어야 해서 우선 불문과 대학원에 들어간 뒤, 사진을 배웠어요. 스물여섯 살이었는데 그 나이면 시집을 가야 한다는 풍조가 강했던 때거든요. 유학을 간다고 하면 안 보내줄 게 빤하니까 자취방 보증금을 빼서 돈을 마련하고, 어드미션을 받고, 비행기 티켓까지 산 다음에 출국 일주일 전에 집에 알렸어요. 다시 생각해도 잘한 일 같아요. 사진은 그렇게 저를 세상 밖으로 끌어내주었죠."

그녀는 뉴욕의 프랫 인스티튜트(Pratt Institute)에서 사진을 공부했고 그곳에서 스승 필립 퍼키스(Philip Perkis)를 만났다. 첫 만남, 박태희의 사진을 본 필립 퍼키스는 물었다. "여기, 스튜디오 사진과 거리 사진, 두 종류의 작업이 있군요. 당신은 어떤 작업을 하고 싶나요?"

"저는 거리에서 사진 찍을 때가 행복합니다. 그런데
선생님들께서 모두 제가 찍은 스튜디오 사진을 더
좋아하셨어요. 그쪽으로 계속 작업해보려고
합니다." 그러자 필립 퍼키스는 그녀의 눈을 뚫어져라
응시하며 물었다고 한다. "당신, 왜 그렇게 선생을
믿지?" 누구도 그에게 그런 질문을 한 적이 없었다.
당시 자신을 빤히 응시하던 필립 퍼키스의 눈을 그녀는
아직도 선명하게 기억한다. 그날부터 박태희는 자신의
느낌과 의지를 믿을 수 있게 되었다.

  "제가 그때 스튜디오 사진을 선택했다면 돈을
많이 벌었겠죠. 하지만 이 선택을 후회하진 않아요.
잡지사에서 사진을 찍고 있는 친구들은 돈을 잘
벌지만 나름의 고충이 있죠. 모두 좋을 순 없나 봐요.
저는 그냥 좋아하는 것을 놓지 않고 하려고요.
사실 저는 사진가로 살아가는 것과 내 사진으로 돈을
버는 것은 완전히 별개라고 생각해요. 내 사진을
팔아서 먹고 살려는 의지가 없어요. 그럼 비극이 될
것 같거든요. 하지만 어쨌든 자본주의 사회에서
살고 있으니 돈을 벌어야 하잖아요. 그래서 강의를

28

하고, 나름의 방식을 찾고 있죠. 돈에 대한 고민은
끊임이 없어요."

이야기를 나누다 보니 인터뷰는 뒷전이 되고 하소연을
털어놓게 되었다. 사진을 전공하지 않은 것에 대한
아쉬움이 남아 자꾸 대학원이나 학교를 알아보게
되는데, 매번 망설이다가 포기하게 된다고 말하는 내게
그는 질문을 던졌다. "혹시 주변에 찍은 것을 두고
이야기 나눌 그룹이 있어요? 그런 친구들이 있다면 굳이
학업을 잇는 것보다 스스로 커리큘럼을 짜보세요."
학교에 가지 않고도 들을 수 있는 암실 수업을
추천해주거나 현실적인 대안도 마련해주었다. 신이 나서
꼬리를 물고 끊임없이 질문했고, 그는 적절한 답을
해주되 그만큼의 질문을 던졌다.

      어릴 적부터 어른과 하는 대화는 어려웠고 곤란했고
때로 화가 났다. 존경할 수 있는 어른은 드물었다.
치기 어린 반항인 줄만 알았는데 성인이 되어서도 여전히
그러는 걸 보니 나이와는 관계없는 것 같다. 이미 어른의
나이를 가진 내가 이런 말을 하는 게 우스운 일이지만

어른에게도 늘 어른이 존재한다. 나 역시 누군가에게
우스운 어른일 수 있기에 나보다 어린 친구들을 만날
때는 늘 조심스러운 마음이다. 내가 미워하던
어른처럼 되지 않으려고 애쓰고, 좋아하거나 존경할
수 있는 어른을 찾는 일은 거의 포기한 채로 지낸다.
그런 와중에 정중하게 '선생님'이라고 이름 붙이게
되는 사람들이 드물게 있다. 그들은 대부분 제대로 된
질문을 던져주는 이들이었다. 자신에게 진지하게
질문을 던지는 어른을 만나면 그를 아껴야 한다.
자신보다 어린 이에게 질문을 던지는 어른은 그리
많지 않다.

　　"선아 씨가 저에게 배운 것을 저 역시도 그 전에
누군가들에게 배웠어요. 사진 슬라이드를 보여주는
것은 사진가 낸 골딘(Nan Goldin)이 했던 방식이죠.
자신의 사진을 직접 고른 음악과 함께 주변 사람들에게
상영했다고 해요. 사진 순서나 한 장에 머무르는
시간, 배경으로 깔리는 음악까지도 섬세하게 계산해서
했다죠. 제 수업에도 그 방식을 따온 거예요."

　　선생님은 준비해온 사진들을 다 상영하고 나면

수강생들에게 느낌을 물었었다. 학생들과 마찬가지로
자신의 감상을 말하기도 하고, 작가의 생애나 그의 삶에
있던 소소한 에피소드 같은 이야기를 들려주기도 했다.
"외우세요." "중요해요." "시험에 나와요"라는 말은
없었지만, 시험을 치르던 어떤 수업보다 선명하게
기억되는 것은 왜일까. 무엇인가를 가르치려는,
그러니까 메시지를 전달하려는 사람에게는 철저한
지혜가 필요한 것 같다. 어떻게 학생을, 독자를,
관객을, 청중을 사로잡을지를 충분히 고민한 뒤에
해야 할 말을 늘어놓아야 겨우 기억될 수 있다.

기자들은 인터뷰할 때, 녹취를 한다. 인터뷰이에게
동의를 구하고 녹음을 해서 그것을 종이에 옮겨 적어
녹취록을 만든다. 기사는 녹취록 안에서 구조를 만들되
새롭게 더하는 이야기가 없도록 주의해서 작성한다.
인터뷰이의 말을 사실에 근거하여 옮기기 위한
과정이다. 늘 그래온 것처럼 선생을 만났을 때도
녹음기를 꺼냈다. "인터뷰는 기사를 쓰기 위해 녹취를
할게요." 박태희는 녹음기를 빤히 보다가 말했다.

"헤밍웨이였나? 누가 그랬거든요. 정말 좋은
인터뷰는 대화를 하며 흐른 분위기나 느낌을
기억하고, 그걸 옮기는 일이라고. 인터뷰이가 한 말을
틀리지 않게 옮겨 적는 게 아니라, 내가 기억하는 것을
정리하는 것만으로도 충분하다고 하던데, 어때요?
뭐, 편한 대로 하세요." 이미 녹음은 시작되었다.

　　인터뷰를 끝내고 녹음기를 확인하니 2시간 33분
16초 동안 대화를 했다. 이걸 녹취록으로 풀지 않고
한동안 그냥 듣고 다녔다. 거리를 걸으며, 버스에서,
자기 전에. 들으면서 그와의 대화를 가만히 되짚었고
그렇게 원고를 썼다. 처음, 배운 일이다.

굳이 뮤지엄에 가야 할까

스케일이 큰 뮤지엄들이 있다. 지하 1층부터 지상
7층까지 모두 전시장으로 사용하는 파리의 퐁피두 센터
(Centre Pompidou)나 600만 점이 넘는 작품을
소장한 영국의 대영박물관(The British Museum)
같은 곳에 처음 가면 면적에 당황하게 된다. 호기롭게
입구에 들어서지만 몇 시간쯤 서서 관람하다 보면 점차
주저앉고 싶어진다. 그런 상태를 꾹 참다가 중간에
포기하고 돌아 나온 적도 있고, 오기를 부린 다음
날에는 앓아눕기도 했다. 이런 일을 몇 번 반복하니
뮤지엄 관람에도 노하우가 생겼다.

우선, 가장 편안한 신발을 신고 짐은 최소화한다. 모든 것을 오래 감상하려 하지 않고, 마음에 드는 작품 앞에서만 시간을 보낸다. 보고 싶었던 작품이 있다면 그것부터 본다. 물병을 챙겨 가 틈틈이 물을 마시고 의자가 보이면 수시로 앉는다. 마라톤 선수가 자신의 속도를 조절하듯, 규모로 인해 지치지 않기 위해 나름의 규칙을 만든 것이다.

2008년, 모마(MoMA, The Museum of Modern Art)에 갔을 때는 요령이 없었다. 한겨울이었고 긴 줄을 몇 시간쯤 기다려서 겨우 들어갔다. 추운 거리에서 오래 기다린 탓에 입구에 들어섰을 때부터 지쳐 있었지만, 태어나서 처음으로 가보는 해외 미술관이었다. 기운을 차려 입구에서부터 한 작품, 한 작품 정성 들여 보기 시작했다. 몇 시간이 지나자 발바닥이 아파왔고, 다리를 두드리며 겨우겨우 걸음을 옮기는데 한쪽 구석에 방 같은 것이 보였다. 검은 커튼으로 입구가 막혀 있는 상영실. 어두운 곳이면 편히 앉아 쉴 수 있을 것 같아 거기로 들어갔다. 뒤쪽 벽 아래에 아무렇게 주저앉았다.

신발을 벗고 발바닥을 조물조물 만졌다. 한참 그렇게
발만 들여다보고 있다가 고개를 들었는데 스크린에 낸
골딘의 작품이 상영되고 있었다.

낸 골딘은 그해에 푹 빠져 지냈던 사진작가이다.
도서관에서 사진집을 빌려보고, 컴퓨터 바탕화면에
'Nan Goldin'이라는 폴더를 만들어 인터넷에서 찾은
이미지들을 넣어뒀다. 낸 골딘의 사진이 보고 싶은
날에는 좋아하는 음악을 틀고 그의 작품을 크게 띄워
한 장씩 살펴보곤 했다. 그가 미국에서 활동한다는 것은
알았지만, 뉴욕에 간다고 사진전을 볼 수 있을 줄은
몰랐다. 한 해 동안 마음을 온통 사로잡았던 작가를
낯선 도시에서 우연히 만나게 되다니! 뒤쪽에선
딸각거리며 필름 슬라이드 넘어가는 소리가 났고,
더는 발바닥이 아픈 것도 신경 쓰이지 않았다.
    당시 나는 저작권에 대한 의식이 거의 없었다.
책을 스캔하거나 인터넷에서 사진을 다운 받는 일이
정당하지 않은 것임을 몰랐다. 조용히 혼자 방에서
봤기에 그래서는 안 된다고 일러줄 사람도 없었다.

뮤지엄에서 스크린에 띄워진 사진을 보다가
본능적으로 알아차렸다. 그간 해온 행동들이
좋아하는 사진과 작가에게 무례한 행동이었다는 걸.
누가 말해준 게 아니어도 자연스레 알 수 있었다.
모니터와 방을 벗어나 뮤지엄에 와서 돈을 내고
작품을 보는 일이 얼마나 아름답고 중요한
행동인지를.

　　몇 시간 동안 낸 골딘의 사진을 보고 나자
더는 모마의 남은 작품들을 보지 않아도 될 것
같았다. 그대로 걸음을 돌려 뮤지엄을 나왔고,
나오는 길에 아트숍에 들러 낸 골딘 사진집을 샀다.
한국에서도 찾아본 적이 있었지만 비쌌기에
도서관에서 빌려보는 일을 택했었다. 모마에서는
무엇에 홀렸는지 덜컥 사버렸다. 여행 경비를
아끼겠다고 만날 핫도그만 먹었으면서 핫도그를
30개쯤 사 먹을 수 있는 돈으로 사진집을 산 것이다.

　　신이 나서 사진집을 펼쳤는데 내 짧은 영어로는
원문을 제대로 이해할 수가 없었다. 여행을 마치고
한국에 돌아오자마자 영어 공부를 시작했다.

고등학생 때는 그렇게 하기 싫어했는데 알고 싶은
욕구가 마음을 움직였다. 영어를 잘해서 사진집도
제대로 보고, 교환학생도 다녀오고, 미국으로 사진
대학원도 가겠다며 학교도 휴학해버렸다. 1년 내내
영어만 공부한 것으로도 부족해서 한 해를 더 휴학하고
아일랜드에 가서 1년을 살다 왔다. 뉴욕에서 산
한 권의 사진집을 정확히 읽을 수 있을 때까지 얼추
2년이 걸렸다.

지난여름에는 체오 베를린(C/O Berlin)이라는 사진
갤러리에서 전시를 봤다. 한 주제 아래 여러 사진가의
사진을 모아 보여주는 전시였다. 어느 사진이 마음에
들어 작가 이름을 확인하려고 하는데 액자 주변에
'작가 이름'과 '작품명'이 보이지 않았다. 이리저리
기웃거리다가 바닥에서 겨우 찾을 수 있었다. 간혹
전시를 보다 보면 궁금하지 않아도 자연스레 제목과
이름이 먼저 눈에 띌 때가 있다. 별로라고 생각했던
작품도 작가가 유명하면 다시 한 번 보게 되기도 한다.
이 전시의 큐레이터가 무슨 이유로 네임 카드를

바닥에 붙였는지 모르겠지만, 마음에 드는 사진
앞에서는 고개를 꺾고 무릎을 접어 정성껏 이름을
확인해야 했다. 덕분에 정말 좋았던 사진의 이름만을
기억할 수 있었다.

체오 베를린에 가지 않았더라면 그런 식의 소개
방식은 평생 몰랐을지도 모른다. 모마에 가지
않았더라면 지금도 영어를 못하겠지. 모든 이미지는
핀터레스트나 구글에서 찾아보고, 남의 이미지를
함부로 사용하는 일에 어떠한 죄책을 느끼지 못하는
파렴치한으로 살고 있을지도 모른다. 다녀옴으로써
무엇인가를 알게 되었을 때, 집을 나선 자신을
기특하게 여긴다. 어디로 향하기 전에는 높은 빈도로
귀차니즘이 발동한다. 잠옷을 벗어야 하고, 샤워를
해야 하고, 옷을 챙겨 입고 나와 버스와 지하철을
갈아타며 목적지까지 가야 한다. 그 모든 과정이
번거로워서 집에 머물고 싶을 때가 있지만, 그럼에도
이렇게 집 안에서는 구할 수 없던 일들을 알게 되기에
역시 귀찮음을 내팽개치고 밖으로 나서기를 잘 했다는
생각이 드는 것이다.

42

고등학교 문학 시간에 선생님이 이런 숙제를 내준
적이 있다. "오늘 방과 후에 학교 후문에 있는
매화나무에서 꽃봉오리 하나씩을 따서 뜨거운 물을
담은 컵 위에 띄워봐라." 궁금해 하며 숙제를 했다.
후문에서 완두콩만 한 매화 봉오리를 하나 땄고,
온수를 컵에 받은 뒤 그 위에 올려봤다. 물 위에서 꽃이
피었다. 마법 같았다. 꽃만 피는 것이 아니라 매화
향이 주변을 감쌌다.

　　다음 날, 수업을 시작하며 선생님은 시조 한 편을
읽어주었다. "어제 내준 숙제에서 너희들이 본 장면이
이 시조가 묘사하는 이미지다." 보았던 장면을 상상하며
시조를 분석하니 한결 쉽게 느껴지고 그 수업 내내
내 머릿속에는 물 위에 예쁘게 핀 매화가 띄워져 있었다.
이 배움은 20여 년이 지난 지금도 잊히지 않는다.

　　우리는 나비를 공부할 때 사전에서 찾지 않는다.
　　사전은 잠시 덮어 옆에 두고, 들판으로 나가
　　나비의 움직임을 보고 나비의 색깔을 보고 나비의
　　소리에 귀 기울인 후, 그제서야 사전을 찾아본다.

대안학교의 시초라 불리는 영국 서머힐 학교의 한 교육자가 남긴 말이다. 배움은 너무 쉽게 획득의 문제로 다뤄지곤 하는데, 내 경우에는 점점 더 감각의 문제로 여기게 된다. 기말고사 일주일 전에 깜지를 만들며 외웠던 배움은 잠깐 획득할 수 있었다. 시험 점수는 잘 받았을지 몰라도 더 오래 이어지지 못한 채 사라져버렸다. 학창 시절보다 나이가 든 요즈음의 내 배움 체계는 이전보다 더 허술해졌다. 지난주에 본 영화 내용도 정확히 기억하지 못하고, 아침에 본 어느 신문 기사도 어렴풋하다. 수많은 지식과 정보 틈에서 분명하게 기억되는 일이 점차 드물어진다. 그 와중에 신체의 감각을 최대치로 활용해서 배웠거나 잠시라도 마음을 꽉 움켜쥐었던 일들은 여러 사건이 뇌 속을 오가는 틈에도 또렷하게 기억할 수 있다.

마음이 따라와줄 여유 없이 그저 빠르게 읽고 보는 것으로 얻어낸 배움은 확실히 수명이 짧다. 그래서인지 방이나 모니터는 배려 깊은 조력자가 되지 못할 때가 많은 것 같다. 어느 전시를 보러 뮤지엄에 가거나 여행을 떠나면, 깊이 예술을 탐구한 사람들이 그것들을 충분히 즐길 수 있게 마련한 구조 안에 머물 수 있다. 컴퓨터 앞에서는 발휘되지 않는 여러 감각을 활용할 수 있도록 보다 성실한 도움을 받는다.

어쩌면 한생을 걸쳐 천천히
그리고 오래도록

대학을 졸업할 무렵에는 유학을 준비했다. 3, 4학년이
되면 지도교수와 취업 상담을 한다. 외국에 가서
무엇을 공부할 거냐는 질문에 "사진 미학이요"라고
답을 하면 "왜?"라는 질문이 돌아왔다.
　　미학은 미와 예술을 대상으로 하는 학문이다.
당시 나는 예술의 아름다움, 특히 사진 미학에 빠져
있었다. 서울의 갤러리 지도를 만들어(스마트폰이 없던
때라 원하는 곳에 가려면 데스크톱에서 인터넷에
접속한 뒤, 종이에 약도를 옮겨 그려서 찾아가야 했다)
전시를 보러 다녔다.

대학도서관 예술과학자료실에서 인턴을 하면서 틈틈이 사진집을 들여다보고 거기에서 구할 수 없는 책은 돈을 모아 사들였다. 그런 일을 하고 있으면 내가 아주 특별한 사람이 된 것 같았다. 평소에는 우주의 먼지라고 생각하며 지내다가도 그럴 때만큼은 나 혼자 우주의 비밀을 알고 있는 것처럼 느껴졌다. 아무도 알아주지 않고 봐주지 않았지만, 그 시절 나는 내 눈에 아름다운 사람이 되는 일이 가장 중요했다. 그때 알던 어떤 오만함을 평생 잊지 않고 싶었는데, 요즘은 자주 잊어버린다.

그렇게 사진 미학을 즐겼지만 무엇을 해야 할지는 분명하게 알지 못했다. 공부를 더 하고 싶은 이유가 취업이나 현실적인 목적과 연결되지 않았기에 질문이 시작되면 멈추기 어려웠다. 미학이나 철학 같은 인문학이 언제부터 '이유'가 필요한 학문이 되었을까. "요즘 같은 세상에 미학을?", "돈도 많이 들 텐데 유학을 다녀온 다음엔 무엇을 하려고?", "취업 잘 되는 학부 전공을 두고 굳이?" 답하는 일은 매번 귀찮았다. 설득시키기를 포기하고 짧고 단호하게 "사진 갤러리의 큐레이터가 되고 싶어요"라고 하면 대부분 "그렇구나"
하고 그 대화를 놓아주었다. 유학에 필요한 서류를
준비하다가 집에 일이 생겼다. 우선 가족들 곁에
머물기로 했다. 사회생활을 하다가 그만두고 떠나도
되는 거니까, 하고 잠시 내려놓았다. 마련해놓은
서류는 대부분 쓸모없는 종이가 되었는데, 그중 토플
점수는 이력서에 넣을 수 있었다. 잡지사에 면접을
보러 갔을 때, 한 면접관이 토플 점수에 대해 질문을
했다. "다들 토익 점수를 썼는데, 선아 씨만 토플
점수를 썼네요. 잘 몰라서 그러는데 영어를 어느 정도
해야 이 점수가 나오는 건가요?" "외국 대학에 원서를
넣을 수 있을 정도입니다." 답을 하다가 눈물이 날
뻔했다. 아주 잠시였고 그 뒤로 회사를 즐겁게 다녔다.
그때 좀 모자란 질문을 했던 면접관은 둘도 없는 선배가
되었고, 학교에서는 마주치지 못했을 여러 사건과
사람들을 회사에서 만났다.

춘천에서 열리는 재즈 페스티벌에 갔던 어느 가을에는
음악에 취해 와인을 세 병이나 마신 바람에 만취했다.

필름이 끊겨서 강원도에서 서울까지 어떻게 돌아온 건지
잘 기억나지 않는다. 기차에 토를 하는 바람에 친구가
곤란했다는 사실과 춥고 졸렸다는 것만 어렴풋이….
친구는 취한 나를 동영상으로 찍어두었고 영상 속 나는
친구에게 퀴즈를 냈다. "있어도 그만이고 없어도
그만인데, 오늘 같은 밤에 있으면 너무 좋은 것은?"
친구가 몇 가지 답을 할 때마다 "땡"을 외치더니
마지막에 정답을 알려준다며 "예술!"이라 말한다.
친구는 예술병에 걸렸다고 웃고 나는 너무 좋다며
깔깔거리고 웃는다. 세상에, 예술이라니. 술이 깨고
보니 어찌나 부끄럽던지. '예술'이란 단어를 입 밖에
내는 일은 왜 이렇게 쑥스러울까. 그런 마음을 무릅쓰고
술김에 한번 꺼내보고 싶은 이유는 또 뭐람.

　　또 다른 음악 페스티벌이 속초에서 열렸다. 평소에
보기 힘든 뮤지션들의 공연이 있었기에 망설임 없이
강원도까지 다녀왔다. 무대 바로 앞에서 막걸리를 마시며
음악을 듣다가 메모장에 이런 말을 적어두었다. '아,
이런 기분을 느끼고 싶어서 공연장에 오는 거였지.'
유학을 마음먹었던 어린 나는 아마 이 비슷한 기분에

취해 있었을 거다. 세상은 너무나 이상했고, 그 가운데
사는 나와 타인은 모두 외로워 보였다. 누구에게도
말 못 할 감정을 사진이나 음악, 문학, 영화 같은
것들이 이해해줬다. '세상에 이런 생각을 하는 사람이
나만 있는 것은 아니구나. 그 형용하기 어려운
마음들을 아름다운 것으로 만들어내는 예술가들이
세상에 이렇게나 많이 있구나.' 어느 공연장에서
영혼이 털리는 음악을 듣거나, 뮤지엄에서 한 장의
사진이나 그림에 시선을 빼앗기고, 헌책방에서 세계를
뒤져도 없을 것 같던 책을 한 권 찾아내고, 그 안에서
내 마음과 크기가 딱 맞는 어느 아름다움을 발견했을
때…. 그런 것들로 취한 드문 밤에는 아무것도 가지지
않아도 배부르게 잘 수 있었다.

　　유학을 포기한 뒤로 시간이 꽤 흘렀다. 그동안 여러
회사에 다녔고 밥벌이로 할 줄 아는 일이 몇 생겼다.
가끔 궁금하다. 그때 공부를 더 했으면 지금 나는
무엇을 하고 있을까. 그런 게 아쉬워지면, 대학 때
공부하던 책이나 백과사전 혹은 인터넷에서 '미학'과
'예술' 같은 단어를 찾아본다.

"미학이란 학문은 미 및 예술에 관한 예지적 감상에서 나오게 된 것이다. 미학은 자연 및 인생에 있어서의 미적 현상 내지 예술 현상에 대한 경탄(marvel)과 경이에서 비롯된 것이다."

"'art'는 그 원어인 라틴어의 'ars'가 '조립한다', '연구한다'라는 의미를 가지며, 'kunst'는 본래 '알고 있다', '할 수 있다'라는 의미의 'können'에서 나왔듯이 모두 곤란한 과제를 잘 해결할 수 있도록 특별히 숙련된 기술을 지칭하는 것이다. 따라서 이들 단어는 예술과 더불어 수공(handwork, handicraft)을 비롯한 여러 실용적 기술을 포괄하며, 'kunst'는 옛날에는 학문, 지식, 지혜의 뜻으로도 쓰여졌다고 한다. 이 넓은 뜻의 'kunst'와 'art(재간 교묘)'에서 차차로 좁은 뜻의 '예술'에 한정되게 된 것이다."

— 네이버 지식백과 '학문명백과: 인문학'
    중에서

사전을 찾아보면 안심이 된다. 지금의 삶이
그 단어들과 아주 멀리 있지 않다. 해온 일들은 여러
예술과 밀접하게 닿아 있고, 진지하게 아름다움이나
예술이란 단어를 두고 떠들 수 있는 친구들도 생겼다.
취해서 시를 읊거나, 어느 소설의 구절을 옮겨 적어
메일로 보내기도 하고, 전시회를 보러 다니고, 서로가
애타게 찾던 절판된 음반이나 헌책을 어렵게 발견해
선물한다. 미학에 대한 책을 여러 권 쌓아두고
도서관에 혼자 앉아 있던 어린 내가 그렸던 일들을
완벽하게 이루진 못했지만 몇 장면은 그 시절의
상상보다 근사해졌다.

여전히 사진에 대해 글을 쓸 수 있고, 좋아하는
사진가들의 전시를 찾아다니고, 사진 수업을 찾아
듣고 부지런히 책을 읽는다. 어쩌면 배움은 한생을
걸쳐 천천히 그리고 오래도록 진행되는 일인지도
모른다. 예술에 있어서는 특히 더. 아무도 알아주지
않고 봐주지 않더라도, 어느 시절의 내가 그랬듯
지금의 나도 내 눈에 아름다운 사람이 되는
일이 가장 중요하면 좋겠다. 쑥스러움을 무릅쓰고

남은 생을 통해 계속해서 미(美)를, 예술을 소리 내어
말해보고 싶다.

선택될 수 없는 자유

필름 현상 수업을 들었다. 긴 시간 즐겨온 취미이기에
사진에 대해서는 어느 정도 알고 있다고 생각했는데,
수업을 듣다 보니 지식이 별로 없다는 걸 알았다.
선생님이 설명해주는 용어 중 제대로 이해하는 것이
없었고, 늘 보던 필름 패키지에 적힌 용어도 정확히
뜯어본 적이 없다는 걸 알았다. 전문가를 위한 수업이
아님에도 이렇게까지 모르는 게 가득하다니.
  내가 뭘 잘 몰랐다는 사실은 같이 수업을 듣는
이들을 통해 더 적나라해졌다. 한 아저씨는 카메라를
여러 대 꺼내놓고, 그간 찍은 필름을 보여주었다.

선생님이 무엇인가를 이야기하면 설명을 덧붙이거나
질문을 던졌는데, 그때 쓰는 용어들이 꽤나
전문적이었다. 어떤 직업을 가진 사람인지는 모르지만
이 수업은 기초반이었기에 나와 비슷한 처지였을 거다.
무슨 일을 하는지 직접 물어보지 못했지만 혼자 상상을
해볼 수는 있었다. 아저씨는 쉬는 시간을 온통 여기에
쏟지 않았을까. 퇴근하고, 황금 같은 주말에, 자신에게
남은 시간을 하나씩 꿰어 지식을 쌓았을 거다. 그렇게
시간을 보내도 답이 나오지 않는 문제를 용기 내어 그
자리로 갖고 나온 것일지도 모른다.

첫 수업이 끝나고 얼마 지나지 않아 사진을 전공한
친구가 물었다. "암실 들어가 보니 어때?"
쭈뼛거리다가 "야한 기분이 들어"라고 답했다. 그는
크게 웃었다. "맞네. 대학 때, 암실이 연애하기 참 좋은
곳이었지." 전공자가 아닌 나는 사진학과를 다니던
학생들이 암실에서 무엇을 했을지 잘 모르겠지만,
상상하다 보면 부러운 마음이 든다. 어둡고 뻘건
조명이 있는 방. 음악이나 물소리가 작게 들리고 몸짓이

하나씩 조심스러워진다. 야한 영화 같은 것에서
느끼는 야릇한 기분과는 아주 다른 유다. 뭐랄까.
인화지를 물에 헹구다가 손끝이 스칠 때의 떨림이,
소스라침에 가깝게 드러날 것 같다. 긴장해서 들숨과
날숨이 커지면 그것조차 숨길 수 없을 것 같고. 어둠
속에서 서로의 손짓이나 움직임을 바라보는
것만으로도 사랑에 빠질 것 같은 기분이 들었다.
'우아한 야함' 정도로 표현할 수 있으려나. 처음
암실에 들어갔던 날을 뒤로 하고 그 후로도 몇 번이나
'우아한'이란 수식어를 붙여 단어를 만들었다.
선생님이 수업하는 소리를 들으며 '우아한 설명',
인화지 박스를 보며 '우아한 도구', 약품에 뭔가를
넣고 흔드는 '우아한 방식', 암실의 빨간 시계의 초가
지나는 걸 보며 '우아한 시간'.

　　생각해보면 사진을 둘러싼 많은 일에 비슷한
감정을 느꼈었다. 사진관에서 인화된 사진을 받았을
때, 사진집의 서문을 읽을 때나 꽂힌 사진집들을
하나씩 만져볼 때, 사진에 관한 다큐멘터리를 보며
그들의 말을 옮겨 적을 때…. 그때마다 비슷한 감정이

들었고, 그 마음이 좋아 사진을 좋아하게 되었는데
이번에 알맞은 단어를 찾은 것이다. 바로 '우아함'
이다. 사진을 이야기하는 사람이나 그것을 다루는
장비, 해석하는 태도 같은 것들은 모두 우아했다.

암실은 어둡다. 처음 암실에 들어가면 지나치게
어두워서 당황스럽다. 이 어둠 속에서 무엇을 할 수
있지, 싶은데 신기하게도 잠시 머무르다 보면 눈이
밝아진다. 시간이 흐를수록 어두운 틈에 어떤 것들이
보이기 시작하고, 천천히 작업할 수 있다. 그렇다고
모든 것을 빛이 있을 때처럼 자연스럽게 할 수는 없다.
　　선생님이 어느 자리에 인화지를 끼우라고 했지만
보이지 않았다. "못 찾겠어요! 도와주세요."
선생님은 내 손을 잡아 올려 어느 구석으로 옮겨준 뒤
말했다. "보이진 않지만 촉감으로 느낄 수가 있어요.
손끝으로 잘 만지다 보면 뭔가 느껴질 거예요. 한번
잘 찾아보세요." 뭐가 느껴지지, 하며 더듬거리니
손끝에 아주 작은 부분이 튀어나온 것이 느껴졌다.
어둠 속에 있어서 그런지 촉감이 선명했다. 필름을

현상하고 인화하는 과정에는 생각보다 더 많은 감각이
필요했고, 암실에 머무는 내내 나는 발바닥이
간지러웠다.

함께 수업을 들은 한 할아버지는 나보다 훨씬 많이
선생님을 찾았다. 불이 켜져 있을 때도 장비의 숫자가
보이지 않아 매번 선생님의 도움을 구했고, 인화지를
약품에 넣고 기다리는 시간을 빠르게 계산하지 못해
불안해 했다. 단순히 좋은 시선을 갖고 촬영하는
것만이 사진의 전부가 아니라는 생각에 슬픈 조바심이
생겼다. 할아버지에 비할 바는 아니겠지만 나도 요즘은
종종 신체 퇴화를 느낀다. 예전처럼 밤새 작업하면
이틀 정도는 컨디션이 좋지 않고, 컴퓨터 앞에 오래
있으면 눈이 침침해서 꼭 따뜻한 수건으로 찜질을
해줘야만 시야가 맑아진다. 사진을 찍겠다고 이리저리
오래 걸으면 왼쪽 무릎이 아파서 파스를 붙인다.
젊음은 여러 혜택을 지니고 있지만 누구도 그것을
영원히 가질 수 없다. 어떤 시기가 오면 마음만으로
무엇인가를 할 수 없게 되어버리기도 한다.

할아버지는 어린 친구들 틈에 서글픈 상황을 여러 번 겪었음에도 불구하고 부끄러움 없이 질문했고, 부지런히 움직였고, 주변 친구들에게 자랑한다며 매순간 씩씩하게 사진도 찍었다. 그런 태도 덕분에 나 역시도 너무 슬프지 않은 마음으로 할아버지를 관찰할 수 있었다. 할머니가 되어 무엇인가를 배울 때, 그에게서 보았던 귀여운 모습 몇 가지를 기억하면 도움이 될 것 같다. 수업이 종강하던 날, 할아버지에게 고개 숙여 "감사합니다"라고 인사하니 어리둥절한 표정을 지었다. 그는 내 눈을 잠시 빤히 보더니 고개를 끄덕이며 웃어 보였다.

그리하여 저는 배웠습니다, 여러분, 아, 배워야
한다면 배우는 법, 출구를 원한다면 배웁니다, 앞뒤
가리지 않고 배우는 법입니다. 회초리로 스스로를
감독하고, 지극히 조그만 저항이 있어도 제 살을
짓찧었습니다. 원숭이 본성은 둘둘 뭉쳐져 데굴데굴
쏜살같이 제게서 빠져나가버렸습니다. 그리하여
저의 첫 스승 자신이 그것으로 하여
거의 원숭이처럼 되어버려, 곧 수업을 포기하고

정신병원으로 보내져야 했습니다. 다행스럽게도
그는 곧 회복되었습니다만.

　그런데 저는 많은 스승을 동원했습니다.
네, 심지어 동시에 몇몇 스승을요. 제가 자신의
능력을 어느덧 확신하게 되어, 대중이 저의 진보를
지켜보고, 저의 미래가 빛나기 시작했을 때는
제가 직접 선생들을 초청해서 그들을 나란히 붙어
있는 다섯 개의 방에 눌러앉아 있게 하고는 저는
끊임없이 한 방에서 다른 방으로 뛰어듦으로써
모두에게서 동시에 배웠습니다.

　이 진보! 앎의 빛이 온 사방에서부터 깨이는
두뇌 속으로 뚫고 들어옴! 부인하지 않겠습니다.
그것이 저를 행복하게 했습니다. 그러나 또한
고백하자면, 저는 그것을 과대평가하지는
않았습니다. 그 당시에도 이미 그랬고, 오늘날은
훨씬 더 그렇습니다. 지금껏 지상에서 되풀이된 바
없는 긴장된 노력을 통하여 저는 유럽인의 평균치
교양에 도달했습니다. 그것은 그 자체로는
별것도 아닐는지도 모르겠습니다만, 제가 우리를

벗어나도록 도와주고 저에게 이 특별한 출구, 이
인간 출구를 마련해준 한에서는, 그래도
상당합니다. 슬쩍 달아난다는 탁월한 독일어 표현이
있는데, 그걸 제가 했습니다. 저는 슬쩍
달아났습니다. 제게는 다른 길이 없었습니다.
자유란 선택될 수 있는 게 아니라는 걸 언제나
전제로 하고요.
── 프란츠 카프카『변신・시골의사』중에서

흑백과 고집

친구와 술을 마시다가 한 포토그래퍼에 대한 얘기가
나왔다. 친구는 그의 예전 사진이 좋았다고 말했다.
들어보니 그가 요즈음 SNS에 사진과 함께 글을 적는
방식이 아쉬운 눈치였다. "사진이나 그림은 설명
없이도 전할 수 있는데, 왜 거기에 글을 더하는 걸까?"

   SNS는 창작자에게 약이 되기도 하고, 독이
되기도 하는 것 같다. 스스로 자신의 창작물을 내보일
수 있음은 물론이고 타인의 힘을 빌리지 않고 작업을
알릴 수 있어 유용하다. 소통을 좋아하는 이들에게는
자신의 작품에 대한 이야기를 교류하는 재미도 있을 것

같다. 다만 원하는 포맷이나 레이아웃을 만들기 어려운 구조이고, 직접적인 피드백을 받는 일은 때로 해가 된다. 누군가의 시선을 신경 쓰지 않고 계속 작업을 해나가야 할 때는 밀접하고 빠른 반응이 오히려 방해가 되는 거다. 하트 개수나 팔로워, 방문자 통계 같은 숫자들은 창작자가 스스로를 믿는 일에 혼란을 준다.

남의 얘기처럼 썼지만, 내 얘기이기도 하다. 팔로워가 늘어나면 늘어날수록 인스타그램 포스팅이 두려워진다. 아끼는 사진을 올렸는데 하트 수가 적으면 어쩐지 서운한 느낌이 들고, 어쩌다 긴 글을 올리면 왜 그렇게 언팔이 많아질까. 쿨하게 외면해보려고 나름대로 여러 시도를 해봤는데 타인의 시선을 전혀 의식하지 않는 것은 어려웠다. 그렇다고 내가 만든 것을 알릴 수 있는 통로를 없애기는 아깝고, 여전히 그 세계에 머무는 일이 재미있기도 하다.

그래서일까. 자연스레 정말 소중한 것은 아껴두게 되었다. 완성된 글이나 좋아하는 사진은 되도록 블로그나 잡지, 단행본을 통해서 내보인다. 그보다 더 중요한 것들은 가까운 사람들에게만 보여준다. 마치

비밀스러운 상점의 쇼윈도 같달까. 누군가의 호기심을
불러일으키기에 적당한 것들을 꺼내, 보기 좋게
진열하는 것이다. 그 가게에 있는 가장 좋은 물건일
수도 있지만, 들어와서 보기 전에는 가격도 알 수 없고
어느 물건이 더 있을지 알 수 없다.

〈그저 바라보는 것의 신비〉라는 다큐멘터리에서 사진가
필립 퍼키스가 이런 말을 한다.

> "흑백사진만 찍는 이유가 몇 가지 있는데 그중
> 하나가 고집스럽기 때문입니다. 제가 사진을
> 시작했을 때 컬러사진은 상업용으로만 쓰이거나
> 인화가 굉장히 비쌌어요. 결국 그 당시엔 모두
> 흑백사진을 찍었는데 저는 고집 때문에 거기서
> 바꾸지 않은 거죠. 컬러사진과 인화 비용이 감당할
> 수준으로 내렸지만 저는 흑백사진에 굉장히
> 몰두해 있었어요. 흑백사진에는 톤이 있습니다.
> 흑과 백 사이 무수히 드러나는 회색의 톤이 있죠.
> 어둠에서 밝음으로 펼쳐집니다. 음악에도 음조가

있지요. 소리가 낮은 음에서 높은 음으로 가는
거죠. 각각의 음조마다 감성이 서려 있습니다.
사진에도 시각적인 톤뿐만 아니라 감정적인 톤이
담겨 있습니다. 만약 사진을 매우 어둡게 만든다면
톤은 매우 어두워집니다. 어둠 속에 담긴 톤들이
조금씩 변하는 걸 보는 것이 진정 흥미롭습니다.
밝은 톤의 사진을 만들 때도 마찬가지예요. 밝은 톤
안에서도 변화가 있지요. 톤과 흑과 백에 대한
생각에 저는 대단히 사로잡혀 있습니다."

이 부분을 여러 번 돌려보았다. 자신의 고집을
이야기하는 노인의 눈과 주름, 손짓 같은 것을 보고
있으니 흑백사진을 찍어보고 싶어졌다. 필립 퍼키스가
말한 흑백사진과 내가 찍는 흑백사진에는 차이가 있을
거다. 시간 차도 상당하고 세월이 만들어준 생각을
나로선 이해하기 어려울 수도 있다. 그럼에도 그의 말을
시작으로 흑백사진을 찍기 시작했다.
　한동안은 흑백 필름을 샀다. 현상과 인화를 직접
해보기 위해 암실 수업도 들었던 것인데, 아무래도

69

비용이 많이 들어 유지하기 어려웠다. 선생님이
암실에서 일어나는 모든 일을 하나의 창으로 옮겨둔
것이 '포토샵'이라고 알려줬다. 여러 도구나 빛,
시간을 활용해서 사진을 만지던 일을 간편하게 하나의
창으로 옮겨둔 것이다. 요즘은 컬러 필름으로 찍었던
예전 사진들을 포토샵을 통해 흑백으로 바꿔보고
있다. 돈이 들지 않고, 원하는 방식대로 다양하게
작업해볼 수 있어 편리하다. 디지털카메라나
휴대폰에는 흑백 모드가 있어 그것으로 촬영을
해본다. 흑백사진이 컬러로 변하는 걸 지켜보던 옛
사람들은 어땠을까. 컬러사진이 흑백으로 변하는 걸
지켜본 나는, 편안하다. 눈이 지나치게 색에 길들여져
있었다는 걸 알았다. 색이 사라지는 것만으로도
복잡한 어떤 일들이 단순해지는 것 같았다.

독일 대학에서 회화를 공부하는 친구가 있다. 그가
잠시 한국에 왔을 때, 졸업 후 계획을 물었다. 친구는
미술관에 취직을 하거나 다른 업을 구한 뒤, 한 주의
반 정도는 일을 하고 반 정도는 작업을 할 수 있다면

기쁠 것 같다고 했다. 그가 일하지 않고 그림만 그렸으면 좋겠다는 바람으로 유튜브 채널을 운영해보는 것은 어떻겠냐고 물었다. 친구가 아틀리에에서 작업을 하고 있을 때, 영상 통화를 한 적이 있는데 커다란 캔버스 앞에서 긴 머리를 질끈 묶고 작업하는 친구의 모습이 아름다웠다. 그림 그리는 모습을 영상으로 담으면 타인들도 재미있게 볼 것 같아서 해본 제안인데, 골똘하게 고민하던 친구는 아무래도 안 될 것 같다고 했다. 누군가 작업하는 과정을 지켜본다고 생각하면 의식하게 될 거고 그게 그림을 완성하는 데 영향을 미칠 것 같다는 이유였다. 가볍게 던진 얄팍한 제안에 친구가 고집 섞인 답을 해주어 안심했다.

고집은 사유한 자들의 특권이라 여긴다. '나'라는 존재를 두고 그 주변을 둘러싼 무수한 혼란과 유혹을 골똘히 고민해본 사람만이 내 것과 내 것이 아닌 것을 구분할 수 있다. 사유가 성기거나 얄팍하면 아집이 되기도 하니 주의가 필요한 일이기도 하다. 세상의 여러 현상을 두루 살피면서도 자신만의 고집을 가진 이들은 번번이 아름답다.

첫 번째 편지 . 김점선

열일곱의 12월, 학교를 그만두었습니다. 자퇴서를
제출하던 날의 교무실 분위기는 시간이 흘러도 잊히지
않습니다. 아빠가 회사 점심시간에 교무실로
왔습니다. 담임 선생님은 아빠에게 제가 얼마나
문제가 많은 아이인지를 설명해주었습니다. 아빠는
선생님 얘기를 귀담아들으며 고개를 끄덕거렸습니다.
모든 얘기를 가만히 듣고 난 아빠가 입을 열었습니다.
"선생님, 말씀 감사합니다. 물론 선아는 별난
아이이지만 저는 선아가 어디서든 잘 해내리라
믿습니다." 힘 있는 아빠의 목소리가 한순간 교무실에
정적을 만들었습니다. 그때 아빠는 저라는 아이를
이해하고 믿음을 말했을까요? 아니었을 거라
생각합니다. 저도 저를 몰랐거든요. 제가 누구인지
모르는 채, 딸이라는 이유로 무조건적인 믿음을
보내주었을 겁니다. 믿음은 고마운 일이지만 그때는
그 믿음조차 무겁고 두려운 시절이었습니다.

자신을 이해할 수 없었습니다. 친구도, 가족도, 선생님도, 누구도 나를 이해한다고 말해주는 사람은 없었습니다.

　열여덟의 봄에는 담양에 있는 대안학교에 입학했습니다. 선생님들은 유별난 아이들을 상대하는 일에 유연했습니다. 제가 자신을 이상한 사람으로 취급하며 이야기를 늘어놓으면, 그게 왜 이상하냐고 되물으며 이런저런 질문을 건네주었습니다. 질문에 답을 다는 과정에서 저는 저라는 사람을 조금 알게 되었습니다. 나와 비슷한 친구, 선배 들과 이야기를 나누면서, 사실 세상에 존재하는 우리는 모두 이상하다는 사실도 어렴풋이 알게 되었고요.

　그러던 어느 날, 같은 방을 썼던 선배에게 당신의 책 『10㎝ 예술』을 선물 받았습니다. 이 책에서 10센티미터라는 것은 태블릿 크기를 의미하더군요. 커다란 그림을 그려왔던 당신은 오십견을 겪게 되며 캔버스를 마주할 수 없었고, 아들이 사준 태블릿에 새로운 형태의 그림을 그리게 됩니다. 책에는 태블릿으로 그린 그림과 에세이가 함께 담겨 있습니다.

우연히 마주하게 된 당신의 이야기를 읽으며 저는
'이 사람은 나를 이해하는구나!' 하고 느꼈습니다.
코끼리를 삼킨 보아뱀을 알아봐주는 이를 만났달까요.
내 마음을 꼭 닮은 이야기와 그림이 세상에
존재한다니, 놀라웠습니다. 참으로 신기한 일이지요.
아빠의 믿음도, 친구들의 응원도, 좋은 질문을
던져주는 새로운 선생님들도, 모두 다 저를
사랑해주었겠지만 그때까지 누구도 저를 이해한다고
느껴본 적이 없었습니다. 당신은 제 존재를 모르고
목소리 한 번 들어본 적 없는데 그런 느낌을 받는 것이
신기하게 여겨져 당신이 쓰고 그린 것들을 보고
또 보았습니다.

책의 뒤표지에는 "아무도 그 여자를 길들이지
못한다"는 문구가 크게 적혀 있습니다. 책을 읽고
나면 그 문장이 과장이 아님을 알 수 있습니다. 당신,
김점선은 머리카락을 빗지 않습니다. 옷을 사 입는
일에도 관심이 없습니다. 늘 부스스하고 지저분한
꼴로 가끔은 신발도 신지 않고 거리를 거닙니다.
인생의 중대사라는 결혼을 어느 술자리에서 처음 만난

남자와 하룻밤 안에 해결해버리더니 곧장 아이도 갖지요. 남편이 술에 취해 어느 술집에 있으면 그를 찾아 데려오고, 임신한 몸으로 창살이 난 담을 넘기도 합니다. 샤워를 하고 나오면 몸이 마를 때까지 알몸으로 집을 배회합니다. 그리고 그림을 그립니다. 말과 오리, 새, 토끼를 그립니다.

그때까지 제가 살아온 세계에는 당신 같은 사람이 없었습니다. 당신이 적어놓은 것들은 저도 가끔 해보던 생각이었지만 누군가에게 털어놓거나 행동으로 옮기면 이상한 아이로 취급받게 되는 일이었죠. 그런 생각을 하는 사람이 나 말고 또 있다는 사실에 안도가 되었습니다. 당신이 그려놓은 여러 그림을 보고 있으면, 누구도 나를 이해해주지 않아도 괜찮을 것 같았습니다. 세상 어딘가에 나와 비슷한 이가 한 사람 있고, 그가 그림을 그리는 모습을 상상하는 것만으로도 많은 일이 괜찮아졌지요.

우리는 어떨 때 '이해'라는 단어를 쓰나요? 한 번도 만나본 적 없는 이가 한 사람을 이해하는 것은 가능한 일일까요? 그로부터 수십 년이 흐른 지금도 이해라는

단어를 정확히 알지 못하지만, 점점 더 이해는 불가한
일이라는 생각이 듭니다. 이해라는 단어는 그것이
존재하기에 만들어진 말이 아니라 시도하기 위해 생긴
말이 아닐까 싶습니다. 사실 세상에는 이해했다거나
받았다는 오해만이 존재하고 있지 않을까요. 나와
타인 사이에 그런 시도가 있었다면 그저 그 과정에
커다란 의미가 있을 거라 여깁니다. 타인을 완벽히
이해하는 일이 정말로 가능한지 아직은 잘 모르겠습니다.
다만, 예술 안에서는 그 오해가 자유롭기에 그 점이
저를 자꾸 한 장의 예술 앞으로 끌어다 놓곤 합니다.
예술가들과 주고받기 가장 쉬운 일이고, 그 오해를
풀지 않고 영영 오해로 남아도 그사이에 이해가
존재하게 되다니, 세상에 그런 일이 일어날 수 있다니,
얼마나 고마운지 모릅니다.

　　대학생이 되면 꼭 당신을 만나겠다고
다짐했었습니다. 당신이 살고 있는 서울에 온 뒤, 나는
우리가 같은 도시에 살고 있다는 사실이 기뻤습니다.
언젠가 만날 수 있을 것만 같았습니다. 인사동에서 열린
전시에 가서 당신이 있나 없나 두리번거리기도 했었지요.

그러던 어느 날, 대학 도서관에서 컴퓨터를 하다가 뉴스를 보았습니다. '2009년 3월 22일, 김점선 화백 63세의 나이로 별세.' 슬픔을 나눌 사람이 없었습니다. 당신이 나를 이해한 유일한 사람이었다는 사실을 나 말고는 아무도 모르니까요. 도서관에 있는 당신의 책을 모두 다 꺼내 들고 의자에 앉아 그날은 종일 당신이 그린 그림을 보았습니다. 당신이 홀로 나를 위로했던 것과 같이 그날의 죽음을 혼자 슬퍼했습니다.

한동안은 더 부지런하지 못했던 자신을 탓했습니다. 만났으면 좋았을 텐데, 이 고마움을 한 번은 꼭 전했어야 했는데, 하면서요. 대학을 졸업하고 기자 생활을 하면서도 가끔 당신의 이름을 생각하며 아쉬워했습니다. 지금이라면 분명 내가 당신을 찾아갈 수 있었을 텐데, 왜 그렇게 빨리 가셨나, 아쉬웠습니다.

그런 시간이 10년쯤 흐른 뒤, 제 이름으로 쓰인 책을 몇 권 출간하게 되었습니다. 책을 읽은 이들은 가끔 적극적으로 저를 찾습니다. 북토크에 찾아와 질문을 던지거나 메일이나 메시지로 제게 받은 것에 관해 설명합니다. 거기에 드러나지 않은 저를 궁금해 하기도 하지요. 만드는 이가 되어보니 알 것 같습니다.

우리가 만나지 못해서 어쩌면 다행이란 사실을요.

그림은, 예술은, 사람과 사람 간의 이해와 다른 형태로

존재할 때, 더 멋진 오해로 남는 것일지도 모릅니다.

　2006년에 선물 받은 『10cm 예술』은 그간 수많은

형태로 제 삶이 변해오는 과정에서도 버려지지 않고

방 한구석에 자기 자리를 지키고 있습니다. 이 글을

쓰기 위해 오랜만에 그 책을 꺼내 읽었고, 작은 슬픔에

빠져 있습니다. 이제는 당신에게 이해를 바랄 수

없습니다. 당신이 써놓은 자유로움과 반항심 같은 것이

지금 제 세계에 없음의 반증입니다. 그때 알았던 어떤

감정들을 이해하려 안간힘을 써보지만 저 멀리 있는

뜬구름처럼 느껴집니다. 아쉽고 서운합니다.

요즈음의 저를 이해해줄 예술가는 어디에 있을까요.

아직은 잘 모르겠습니다. 어느 날, 또 우연히 마주치게

되겠지요? 어느 뮤지엄의 한구석에 우두커니 서서

울게 되거나 어떤 예술가의 생을 담아놓은 다큐멘터리를

보다가 마음이 동할지도 모르겠습니다.

삶과 눈

눈의 근육

친구 결혼식에서 율동을 하며 축가를 부른 적이 있다.
열정을 다한 무대였으나 결혼식이 끝난 뒤, 영상을
받아보고 놀라버렸다. 다른 친구들은 모두 흥에 겨워
즐겁게 노래를 부르며 춤을 추는데, 나만 경직된
표정으로 뻣뻣하게 리듬을 방해하고 있었다. 내 운동
신경의 허술함과 순발력 부족 같은 요소를 잘 알고
있었지만, 이렇게 단순한 율동조차도 소화하기 어려운
인간이었던가… 적잖이 충격을 받았다.
    축가를 함께 부른 친구들은 초등학교 때 처음
만났다. 중학생 때, 무리 지어 다니기를 좋아했던

우리는 특별활동으로 치어리더 부에 들어갔다.
토요일마다 연습실에 나가 현직 치어리더로 활동하는
선생님에게 다양한 동작을 배웠다. 즐거운 시간들이
지나갔고 학기말이 다가왔다. 여러 특별활동 부서는
저마다의 방식으로 한 학기 결과물을 제출했다.
복도의 빈 벽을 활용해 전시를 하기도 하고 급식실
한편에 오브제를 장식하기도 했다.

　　치어리더 부는 축제 오프닝 무대를 여는 방식으로
한 학기를 증명하기로 했다. 치어리더 부는 수십 명의
학생들로 이루어져 있었는데 축제 무대는 그 인원을
다 올리기에 좁았다. 선생님은 일곱 명만 무대에
오르고 나머지 인원은 무대 앞 운동장에 설 거라며
명단을 호명했다. 명단을 듣고, 나는 울었다. 친한
친구들 중 내 이름만 빠져 있었다. 무대에 올려달라고
사정하니 선생님은 아직 확정한 명단은 아니니,
열심히 연습하고 몇 주 후에 다시 보자고 했다.
집으로 돌아오는 버스에서, 캔모아 카페에서,
즐거운 점심시간에도 내내 한숨을 쉬었다. 그 모습을
지켜보던 친구들은 일요일에 나를 학교로 불러냈다.

빈 교실의 책걸상을 모두 밀고 말했다. "우리가 가르쳐줄게." 한 친구가 손동작을 봐주면 다른 친구는 발의 스텝을 봐주었다. 친구들은 어떻게 이렇게 못하냐고 놀리면서도 포기하지 않았다. 말을 듣지 않던 내 몸도 스파르타 훈련을 통해 조금씩 리듬을 기억하기 시작했고, 그 후로 틈만 나면 치어리딩 동작을 연습했다. 복도에서도 매점에서도 신이 나 춤을 췄고 친구들은 그때마다 곁에서 흐뭇하게 웃어주었다. 결국 나는 그들과 함께 무대에 오를 수 있었다.

춤을 추는 일로 무대에 오른 것은 그때가 처음이자 마지막이었을 것이다. 비슷한 일을 시도하지 않은 것은 아니지만 몸을 움직일 때마다 나는 아주 서툰 인간이 되었다. 그러다가 오랜만에 춤이라 부르기도 옹색한 율동으로 축가 무대에 오른 것인데, 어떻게 그 간단한 리듬에도 내 몸은 마음처럼 움직이지 않는지. 결혼식이 끝나고 얼마 지나지 않아 발레 학원을 등록했다.

발레 수업을 같이 듣는 학생들은 대체로 서로의 이름을 모르지만 '선아'가 누구인지는 알 것이다. 내 이름은

수업 내내 지나치게 많이 불린다. "선아 씨, 그쪽 손
말고 반대 손!", "선아 씨, 다리 더 오므리고!",
"선아 씨, 조금만 더 숙여봐요!", "선아 씨, 저 여기
멀리서도 다 보고 있어요!" 학원 밖의 세상에서는
나도 꽤나 쓸모가 있는 사람이다. 내가 일하는
분야에서는 누구도 나를 그런 식으로 혼내지 않는데,
발레 학원 안에서는 아무짝에 쓸모없는 사람이 된다.
어린 시절에는 그런 일에 눈물이 났는데 지금은 어쩐지
웃기고 좋다. 어른이 되고 난 뒤로는 좀처럼 갖기
어려운 기분이니까. 허술하게 흐트러진 기분이 나쁘지
않기에 실실 웃으면서 잘 움직이지 않는 몸을 이리저리
써본다. 헤헤 웃고 있으면 선생님은 또 "선아 씨,
자꾸 웃지만 말고 얼른 다시 해봐요! 더 우아하게 한
번 더!"라고 호통친다.

　　수업이 진행되는 중 가장 좋아하는 시간은
선생님의 시범을 지켜보는 순간이다. 피아노 소리에
맞춰 아름답게 몸을 움직이는 모습을 가만히 보고
있으면 그의 어린 시절을 그려보게 될 때가 있다. 곧은
등과 어깨, 나선으로 접히는 발끝. 몸의 아름다운

선들이 선생님이 지나온 시간을 증명해준다. 얼마나
많은 시간을 저 일에 보냈을까. 어제 발레를 시작했다면
결코 가질 수 없는 근육들이 그의 몸에 구석구석 잘
붙어 있다. 필라테스 강사, 피겨스케이팅 선수, 마라톤
선수, 보디빌더 들도 마찬가지겠지. 저마다 자기
역할과 어울리는 근육을 갖고 있기에 그것을 유심히
보기만 해도 그들의 어린 시간을 어렴풋이 짐작해볼 수
있을 것이다.

어릴 때 '프린세스 메이커'라는 게임이 유행했었다.
'나'는 악마로부터 나라를 구한 용사이고, 왕의
명령으로 여자아이를 키우게 된다. 어쩌다가 자신에게
온 '딸'을 10세부터 18세까지 키우면 끝나는
게임이었는데, 제목에서 예상할 수 있듯 최고의 결말은
공주가 되는 거였다. 아이를 공주로 키우기 위해 학교에
보내고 공부를 시키고 일도 가르친다. 학교에서 시간을
많이 보낸 아이는 선생님이나 과학자가 되었고, 농장에
자주 보내면 농부가 되었고, 무술을 자주 가르치면
무사가 되었다. 한 번도 공주로 키워낸 적이 없어 어떻게

해야 공주로 크는 것인지는 잘 모르겠고, 지금에 와서
생각하면 '왜 공주가 되어야 했지?' 싶다. 어쨌거나
그 게임에 질려갈 무렵, 알게 된 단 하나의 사실은
아이는 보낸 시간과 어울리는 사람으로 자란다는
것이었다.

첫 책을 출간했을 때, 책을 읽은 (축가의 율동과
노래를 가장 멋지게 소화한) 친구가 이런 소감을
들려주었다. "네가 중학교 때, 싸이월드에 직접 찍은
사진이랑 같이 닭살 돋는 글 쓰면 우리가 많이
놀렸잖아. 사과할게. 미안합니다." 친구들이 펌프를
하거나 피구를 하며 몸을 움직일 때, 나는 딴청을
피웠다. 보이지 않는 곳에 숨어 책을 읽었다. 당시에
책은 그리 쿨하지 못한 도구였다. 책을 읽는 모습을
들키면 범생이라고 놀림 받거나 지루한 사람처럼
보일까 봐 늘 몰래 소설을 봤다. 방과 후에 친구들이
가요 프로그램을 보면서 춤을 따라할 때는 그 옆에서
《쎄씨》나 《에꼴》같은 패션지를 봤다. 그걸 오려 붙여
스크랩북을 만들고, 잡지에서 소개해준 옷을 구경하러
혼자 백화점에 다녔다. 만져보거나 입어보기만 할 뿐,

살 수는 없었지만 그저 그런 일이 즐거웠다.

　　디지털카메라가 처음 나왔을 때도 20장밖에
저장되지 않는 삼성 카메라를 늘 들고 다니며 친구들의
사진을 찍었다. 포토샵을 배워 축전을 만들어
친구들에게 보내주기도 하고, 인물 말고 다른 것을
찍은 사진은 글과 함께 싸이월드에 게시했다. 나와
친구들은 무리 지어 다녔지만 그 안에서 다른 시간을
보냈다. 따로 놀아도 되었을 텐데 멀리 떨어지지 않고
서로가 보이는 자리에서 놀았다. 우리는 각자 마음 쏟은
시간을 닮은 어른으로 자랐다.

친구들은 각기 다른 분야의 일을 하게 되었고, 나는
잡지사에 들어갔다. 일을 시작한 후로는 나와 비슷한
취향을 가진 사람들을 만날 수 있었고 그들과 많은
시간을 보냈다. 우리는 매달 한 권의 잡지를 만들었다.
얼마간 일을 하고 난 뒤에는 후배 동료들도 생겼다.
잡지 일을 시작한 대부분의 사람은 걱정에 둘러싸인다.
자신의 안목을 스스로 믿어도 되는지에 대한 의심으로
고통의 나날을 보낸다. 나 역시도 누군가의 그런

후배였으니까 잘 알고 있다. 처음 잡지 일을 시작하던
어시스턴트 때는 주어진 일을 성실히 했지만 선배의
디렉팅이 없이는 무엇 하나 결정할 자신이 없었다.
그저 내가 찾아낸 수많은 리스트 중 선배 마음에 드는
것이 있기를, 혼자 이리저리 만들어본 촬영 세트가
포토 실장님에게 칭찬 받을 수 있기를, 간절히
바라면서 내내 불안하고 초조했다. 나의 눈이라는
것은 도무지 믿을 수 없는 무용한 도구였다.

아름다움을 탐하는 일을 하는 사람들에게는 눈의
근육이 있다. 다른 근육처럼 눈에 보이지 않아 당장은
답답함이 있지만, 본 것이 쌓인 만큼 어느 정도 볼 수
있게 되고 자신도 모르는 사이에 근육이 생긴다.
그렇게 붙은 힘으로 '에디팅'이나 '디렉팅'을 한다.
당시 함께 일하던 동료들은 서로의 눈의 근육이
단단해지기를, 그래서 우리가 같이 매달 아름다운
잡지 한 권을 만들 수 있기를 바랐다. 각자
아름답다고 여기는 것이 있으면 나눠 보았고, 무엇이
이것을 아름답게 만드는지 밤새 떠들다가 해가 뜨기도
했다. 서로가 만든 것에서 좋음을 느끼면 아낌없이

92

칭찬하고, 부족하다고 여겨지면 날카로운 피드백도
잊지 않았다. 아름답다는 것은 수학처럼 답이 있거나
인바디로 측정할 수 없는 무게를 지니고 있기에 가끔
서로가 아름답다고 여기는 것에 대한 고집으로 눈에
불을 켜고 언쟁을 벌이기도 했다.

　　언젠가 서로의 결핍을 채워주거나 곁에서 도와주던
우리는 뿔뿔이 흩어졌다. 글을 써서 대통령상을 받거나
계속해서 책과 잡지를 만드는 이가 있는가 하면, 분야를
바꾸어 가구나 향을 만들고, IT 기업의 UX 라이터로
일하기도 한다. 이제는 그때처럼 함께 일하지 못하지만
서로가 잘 모르는 어딘가에서 여전히 자신이 아름답다고
여기는 것들을 만들고 지켜내며 지낸다. 언젠가 비슷한
것을 함께 봤었다는 기억을 어렴풋이 갖고.

요즈음은 숨을 고르며 발레나 필라테스 같은 운동을
꾸준히 한다. 이렇게 다양한 근육을 써본 것은 처음이라
신기하고 재미있다. 오늘과 내일의 근육이 다르게
변하는 기쁨을 예전에는 미처 몰랐지. 내가 눈의 근육을
키울 때, 어딘가에서 이런 근육을 단련했을 선생님들을

관찰하는 재미도 쏠쏠하다. 그들과 이야기를 나누다
보면 내가 그간 한 번도 본 적 없는 것들이 보이는
순간이 생기기도 한다. 눈의 근육을 통해 이제는 밥을
사 먹을 수 있게 되었지만, 일만 하며 늙고 싶진 않기에
다른 근육을 쓰는 법도 부지런히 배운다. 나와는 다른
근육을 쓰며 살아온 사람들은 언어의 운율도 다르고,
마음의 매무새도 다르지만 그들과도 다정하게 지내는
할머니가 되고 싶다. 나와 우리의 유년이 그랬던
것처럼.

언어가 없어도 서로를 알아차릴 때

고등학생 때는 기숙사에 살았고, 한동안 방에서 영화
보는 일에 푹 빠져 지냈다. PMP(휴대형 멀티미디어
플레이어로 스마트폰이 없던 시절의 학생들은 이 기계로
인강을 보거나 음악을 들었다)에 내려받은 영화 몇 편을
보고 또 봤다.

　룸메이트들이 외출을 나간 주말이었다. 평소와
다름없이 혼자 영화를 보고 있는데 옆방 친구가 방문을
두드렸다. "선아야, 너 영화 보는 소리가 내 방까지
들리는데 너무 정신 사나워." "미안, 소리가 거기까지
들릴 줄 몰랐어." "아니, 영화 소리는 괜찮은데 가만히

안 보고 왜 계속 껐다가 켜? 그렇게 봐서 영화에
집중이 돼?" 처음에는 무슨 소리인가, 싶었다.
차근차근 내 행동을 돌아보니 나는 영화를 보는
와중에 자주 정지 버튼을 눌렀다. 화면을 멈춰놓고
몇 분씩 그 장면을 들여다보고, 만족스러울 정도로
보고 나서야 다음 장면으로 넘어갔다. 자신이 그러고
있는 줄을 몰랐으니 친구에게 설명해줄 이유도
마땅하지 않았다. 그저 거듭 사과하고, 그 뒤로는
이어폰 없이는 영화를 보지 않았다.

대학생이 되어서는 혼자 사는 자취방과 데스크톱
컴퓨터가 생겼다. 스피커 볼륨을 최대로 켜놓고
영화를 보았고, 원하는 만큼 정지 버튼을 눌렀다.
아무도 뭐라고 할 사람이 없으니 좋았고, PMP보다
커다란 화면으로 영화를 볼 수 있어 좋았다. 여러모로
좋았지만 무엇보다 좋았던 것은 '화면 캡처 기능'
이었다. 컴퓨터로 영화를 보면 영상 플레이어의 캡처
기능을 쓸 수 있었다. 멈춰놓게 되는 장면을 캡처하면
바탕화면에 JPG 파일로 저장이 되었고, 영화 한 편을

다 보고 나면 바탕화면이 영화 속 장면들로 가득 찼다.

영화를 보고 난 뒤, 그 파일들을 정리하는 것은 영화 감상과는 또 다른 즐거움이었다. 한 장씩 다시 살펴보고 정리하면서 영화의 여운을 즐겼다. 보았던 영화에 좋은 평가를 할 확률은 바탕화면에 저장된 파일의 숫자와 비례할 때가 많았다. 이렇게 저렇게 정리를 해보고도 계속 머릿속에 남는 장면은 프린트해 방 벽에 붙여두곤 했다.

부모가 죽은 뒤 덤덤하게 산책하는 한 사람의 뒷모습, 바닷가에 나란히 앉아 석양을 보는 세 친구, 텐트 안에서 사랑을 나누는 두 남자의 얼굴에 맺힌 땀, 태풍이 부는 날에 아빠와 미끄럼틀 아래 들어가 있는 소년의 손가락…. 친구들이 집에 놀러 오면 벽에 붙은 것들을 보며 어느 작가의 사진인지를 묻곤 했다. 매번 "사진이 아니라 영화의 장면"이라고 설명하곤 했는데 뒤늦게 그것들을 사진이라 불렀어도 괜찮았을 거라는 생각이 든다. 영화는 여러 '신(scene)'이 연결되어 만들어진 것이고, 신은 또 몇 개의 '쇼트(shot)'로 이루어져 있다. 저장해둔 사진들을 촘촘하게 이어 만든

101

것이 영화라는 것을 뒤늦게 이해했다.

  그런 시간을 지나면서 자연스레 좋아하는 감독들도
생겼다. 영화의 어느 부분을 잘라내도 손색없는 사진
한 장으로 만들어내는 이들이었다. 너무 많은 말을
하지 않고 여러 감정과 서사를 표현할 줄 아는
감독들이기도 했다. 내가 좋아하는 영화는 대체로
작은 영화관에서 상영했다. 그즈음이 되어서는 그들의
영화를 큰 영화관에서 보고 싶으면, 불법으로 영화를
다운 받는 일도 그만해야 한다는 사실을 알아차렸다.
집을 벗어나 서울 곳곳에 숨어 있는 쪼끄만 영화관에
갔다. 정지 버튼도, 캡처 기능도 없는 영화관이기에
눈으로만 부지런히 화면을 캡처했다. 클릭 한 번으로
저장하게 되는 것과 달리 집중력을 요했고, 장면이
기억이 잘 안 날 때는 그 부분을 보기 위해 몇 번이나
영화관을 찾았다.

배우 이제훈과 나문희가 주연으로 출연한 영화
〈아이 캔 스피크〉에는 이런 장면이 있다. 선생 역할을
맡은 이제훈에게 영어 과외를 받던 나문희가 가족사를

묻는다. 머뭇거리던 이제훈은 영어로 자신의 슬픈 가족사를 말한다. "I am fine" 정도만 알고 있는 노인이 이해할 수 없는 복잡한 영어 문장들이었다. 얘기가 끝나자 나문희는 "힘들었겠네"라고 말하며 안타까운 표정을 짓는다. 이제훈이 놀라서 "제 이야기를 알아들으셨어요?"라고 묻자 나문희는 고개를 끄덕이며 말한다. "네 목소리만 들어도 알 수 있어."

'언어'를 백과사전에 찾아보면 "인류를 다른 동물과 구별하여주는 특징의 하나"라고 나온다. 언어학자들은 다른 동물도 교육을 받으면 인간과 같은 언어를 가질 수 있지 않을까 하는 가설 아래 여러 실험을 했다. 결과는 이러했다. "아무리 고등한 동물이어도 인간과 같은 언어를 가질 수 없다는 결론에 도달하였다." 인간이 다른 동물의 언어를 완벽하게 이해할 수 없는 것과 비슷한 일 아닐까. 알 수 없는 것들 틈에 한 가지 분명하게 알 수 있는 것이 있다. 지구에 함께 사는 모든 생명들은 언어가 없어도 서로를 알아차릴 때가 있다는 사실. 피부색, 걷는 발의 숫자나 입의 모양, 뿌리의 유무나 잎의 숫자가 달라도 서로의 마음을 들여다보게 되는 순간이 있다. 말로는 표현할 수 없는 혹은 표현할 필요가 없는 것들이 세상에는 존재한다. 일시 정지를 누르게 되는 영화의 장면이나 목소리 온도만으로도 충분히 알 수 있는 움직임들….

　　외국인 친구를 만나면 짧은 단어로 말해야 하고 그럴 때는 입보다 얼굴 근육을 써야 한다. 우리 집 고양이에게 생각을 전하려면 입 대신 눈을 오래 마주쳐야 한다. 그렇게 애를 쓰고도 서로의 생각이 정확하게 전달되었다고 느껴본 적이 거의 없다. 어쩌다 우리가 서로를 알아차렸다는 느낌이 들면 더없이 기쁘면서 슬픈 복잡한 마음이 되어버린다. 그리고 그 순간의 장면이 한 장의 사진으로 기억에 남는다. 같은 언어를 가진 이에게 말로 설명하거나 적어서 전달할 때는 좀처럼 겪기 어려운 일이다.

내가 아는 어느 사진가는 글쓰기를 배우고 싶다고 했다. 자신의 전시를 소개하는 글 정도는 직접 쓰고 싶을 때가 있지만 쓰는 일이 어려워서 매번 다른 이에게 부탁하거나 포기하게 되는 것이 아쉽다고 했다. 얼마

전에는 어느 음악가에게 앨범 소개 글을 써달라는
부탁을 받았는데, 그에게도 비슷한 애기를 들은 적이
있었다. "당신은 더 우아한 언어를 갖고 있잖아! 뭐하러
글자로 설명하려고 해!"라고 설득해봐도 고개를
저으면서 "그래도 글을 잘 쓰고 싶어"라며 아쉬운
표정을 짓는다. 무엇인가를 만드는 사람에게는 저마다
언어가 있다. 그림, 사진, 음악…. 글자가 아닌 다른
언어로 무엇인가를 전하고 있지만 욕심 많은 우리들은
호시탐탐 다른 언어를 탐내곤 한다.

　　나는 나의 첫 언어라고 볼 수 있는 '글'이 징그럽게
싫을 때가 있다. '글로 설명하는 일이 이 세상에 꼭
필요할까?' 자신에게 수없이 질문을 던져본다.
계속 쓰고 싶은 만큼 끊임없이 의심한다. 그렇게
검열하면서도 쓰는 일을 멈출 수는 없으니 괴로운
노릇이다. '왜 써야만 할까' 생각하면서 쓰고 또 쓴다.
쓴 글을 다듬고, 아주 지우기도 하고, 다시 한 번
백지에 용기를 내서 글자를 하나씩 채워 넣는다.
느끼는 것을 설명하려 할수록 실체와 멀어지고,
명확하게 전달하려 할수록 흐릿하게 되거나, 그렇게

쓴 것들이 수치심으로 돌아오기도 하고, 써버리는
순간 슬퍼질 때가 있어서, 쓰지 않고 두는 것들이
점점 더 늘어간다.

　글자가 필요하거나 필요하지 않다는 얘기를
하려는 건 아니다. 이미 한글이라는 신비로운 문자를
가진 나라에서 태어났다. 모국어로 만든 책을 읽으며
자라 그 언어로 무엇인가를 써서 돈도 벌었다.
고마운 도구라 그것의 존폐를 말하는 것은
무의미하고, 어쩐지 무례하게 느껴지기도 한다.
다만, 의심하기를 멈출 수 없을 것 같다. 나는 왜 글로
무엇인가를 전하고 싶은지, 쉼표와 온점을 어디에
어째서 찍어야만 하는지, 어디까지가 진실이고
거짓인지, 지금 이 말을 할 때인지 아니면 그저
바라보는 일로 말을 삼켜야 하는 순간인지, 끊임없이
묻다 보면 겨우 뭔가를 쓸 수 있을지도 모른다.

　글자로 많은 것을 기록할 수 있지만 모든 것을
글로 남기다 보면 아무것도 쓸 수 없는 날이 올 것
같다. 쓰는 자신이 밉고 싫을 때, 내게 사진을 찍는
취미가 있다는 사실이 위안이 된다. 정지시킨 영화

속의 어떤 장면이 폴더 안에 쌓이듯, 보았던
어느 장면들이 설명 없이 쌓여가는 일이 다행스럽다.
이 모호하고, 과묵한 언어를 취미로 가질 수 있다는
사실이. 누군가 쓰고 싶은 글에 대해 물으면 사진처럼
기억에 남는 글을 쓰고 싶다고 말한다. SNS에 찍어
올리고 싶은 구절이나 뇌리에 남는 자극적인 문장이
전혀 없이, 한 장의 사진처럼 기억나는 글을 쓰고 싶다.

혼자임을 잊기 위해 하는 일

대학생이 되어 처음 서울에 왔을 때, 전농동의
옥탑방에 살았다. 중학생 때는 가족과 살았고,
고등학생 때는 기숙사에 살았기에 혼자 사는 일은 생애
처음이었다. 나는 혼자인 나를 어쩔 줄을 몰랐다.
잠을 자려고 누우면 천장이 하얗게 빛났고, 저녁을
먹으려고 1인용 식탁에 앉으면 밥이 행주처럼 씹혔다.
고향 집에서 챙겨온 오디오에 CD를 넣거나 라디오를
틀고, 컴퓨터로 영화를 보고, 책을 보면 그나마
나았다. 밤은 길었고 잠은 오지 않았기에 방에
틀어박혀 그렇게 몇 가지 일을 반복했다. 가족이나

친구들은 모두 멀리 살았는데, 가끔 보는 일도
괴로웠다. 그들과 있다가 집에 돌아오면 혼자라는
사실이 더 선명해졌기에 방 밖에 잘 나가지 않게 되었다.

언젠가 허공에 대고 "아"라고 말한 적이 있다. 며칠
동안 한마디도 하지 않았다는 걸 알아차린 날이었다.
뒤늦게 생각해보면 그 시절 나는 외로웠는데 그때는 그게
외로움인지도 몰랐다. 엄마가 "선아가 외로움을 많이
타서"라고 말하면 수치스러워서 입을 막았다. 외로움
같은 건 모르는 사람이고 싶었다.

십여 년이 지난 지금은 그게 외로움의 슬픈
면이었다는 걸 알고 있다. 나이가 드는 일은 대체로
두렵지만, 그래도 여러 감정에 이름을 붙여줄 수 있게
되어 다행이라 여긴다. 소스라치게 놀라며 처음
받아냈던 감정들은, 사라지고 다시금 생겨나기를
반복했다. 그 수순을 수차례 겪다 보니 어둡고 무거운
느낌들도 외면하지 않고 바라볼 수 있게 되기도 하고,
전보다는 담담하게 받아들일 수 있게 되었다. 여전히
외로운 시간은 찾아오지만 속수무책으로 무너지진
않는다. 나와 혼자 있을 때, 내게 무엇을 먹이고,

입히고, 재우고, 놀아주고, 보여줄지에 공을 들인
뒤로 잠을 얻고, 친구를 사귀었고, 비로소 나를
구했다. '혼자'가 은밀하고 사적일수록 '함께'도
잘 지낼 수 있다는 걸 알게 된 것은 오랜 시간이
흐른 뒤였다.

여전히 외로움을 피하는 건 뜻대로 되지 않기에,
외로움이 찾아오면 하는 일이 몇 가지 생겼다. 늦은
밤이나 새벽에 외로움이 엄습하면 침대에 누워 멍하게
있는다. 그러다 엉엉 울기도 하고, 뜬눈으로 밤을
새우기도 한다. 옥탑방에 살 때와 다르게 지금은
고양이 한 마리가 같이 사는데, 그가 같이 울어주어
조금 낫다. '내일은 밖에 나가 햇볕을 쬐자. 오늘은
일단 울자. 어쩔 수 없이 망한 밤이다'라고 생각하며
그렇게 둔다. 죽을 것 같지만 매번 죽지 않았고,
다음 날이 오면 왜였는지 잊기도 한다. 다음 날까지도
외로움이 이어진다면 그날은 밖으로 나선다. 햇볕이
잘 드는 자리에 가 앉는다. 버스정류장, 공원,
길거리 어느 계단 같은 곳…. 거기에 앉아서 지나는

것들을 본다. 그들의 걸음이나 표정, 목소리 같은 것을 그저 바라보고 있는다. 지난가을에 자주 찾았던 곳은 어느 대학의 운동장이었다. 거기 앉아 있으면 농구나 축구를 하고, 어우러져 앉아 있는 학생들이 보인다. 꼭 사람인 건 아니다. 때로 새이기도 하고, 나뭇잎이기도 하고, 고양이나 굴러다니는 종이 한 장, 움직이는 그림자이기도 하다. 그저 다른 것들의 움직임을 들여다본다.

그 행위가 어떤 식으로 내 외로움을 달래주는지는 잘 모르겠다. 여러 이유가 있겠지만 아마 가장 중요한 이유는 '나'를 잊어버리기 때문인 것 같다. 나와는 다른 모양들을 관찰하고 있으면, 그것들을 생각하다가 나도 모르는 틈에 나를 잊어버린다.

외로움은 물리적으로 혼자일 때보다 누군가를 좋아하게 되었을 때, 더 깊게 찾아오곤 한다. 좋아하는 사람의 마음이 내 것과 같지 않거나 그와 같이 있는 즐거움을 알고 있지만, 혼자 시간을 보내야 할 때 찾아오는 외로움은 도대체 어떻게 해야 할까.

지난여름, 가을을 지나 이번 겨울까지 나는 들떠 있었다. 누군가를 좋아하는 마음을 표현하려고, 같이 있는 시간이 즐겁다는 것을 알려주려고, 부지런히 움직이며 알 수 없는 어디론가 빠르게 걸었다. 걸으면 걸을수록 점점 더 외로워졌다. 지쳐서 앉아 있다가 주변을 둘러보니 아주 멀리 그 친구가 보였다. 멀리서 천천히 내 쪽으로 걸어오고 있었다. 생각해보면 여름에도, 가을에도 그 친구는 나름의 속도로 걷고 있었다. 내가 있는 방향으로 걷는다고 느껴질 때도 있고, 아닐 때도 있었지만 어쨌든 걸음을 재촉하거나 뛰지 않았다. 그렇다고 내게 천천히 걸으라고 다그치지도 않았다. 그저 묵묵히 뒤를 따라왔다. 나는 혼자 앞장서서 걸어가며 "더 빨리 와!"라고 수없이 말했던 것 같다. 혼자 토라지기도 하고, 숨기도 하고, 더 빨리 뛰어보기도 했다. 무릎을 모으고 앉아 지난 시간을 돌아보니, 움직이고 있을 때는 보이지 않던 것들이 보였다. 느리게 걷는 사람이 지켜보기에 얼마나 지치는 일이었을까. 같은 시간 속에 살지만 저마다 필요한 시간이 다르다는 걸,

멈춰서야 알아차리곤 한다. 울상으로 멀뚱히, 멀리서, 내 쪽을 바라보는 그를 발견하자 부끄럽고 미안한 마음이 들었다.

자신이 움직이면서 더 많은 것을 보려는 것은 지나친 욕심이다. 멈춰 서서 다른 이의 속도를 관찰하고 있으면 담아두고 싶은 장면이 생기기도 한다. 매 순간을 기록하진 않지만, 드물게 눈에 박히는 것은 사진으로 남긴다. 멈춰 있기 때문에 조바심을 내지 않아도 된다. 주머니, 가방에서 작은 카메라를 꺼내 조심스레 셔터를 누른다. 더 멋지게 찍겠다고 뛰어가서 거리를 좁히거나 어디론가 가서 숨지 않는다. 그렇게 있을 때는 딱 그만큼의 거리로 마음을 흔들었던 일을 남겨둔다.

오늘도 하루가 지나갔다. 해가 졌고, 거리를 걷고, 농구를 하고, 버스에 오르고, 벤치에 앉아 졸거나, 기타를 연주하거나, 어느 섬에서 부지런히 일했을 다른 사람들과 같은 시간을 살아냈다. 내가 느낀 '하루'가 다른 이에게 같은 길이가 아니었을 거란 사실을 생각한다. 분주하게 지나갔던 나의 하루와 다르게 오늘

누군가는 아주 지루한 시간을 보냈을 수도 있을
거다. 같은 시간이 흐르지만 저마다 다르게 느끼고
있을 거고 그건, 누구도 어쩔 수 없는 시간이다.
영화 〈스모크〉의 주인공은 담배 가게를 운영한다.
그는 13년 동안 매일 자신의 가게 앞에 서서 사진을
찍는다. 어느 날, 단골손님이 계산대 옆에 놓인
그의 카메라를 발견한다.

"누가 카메라를 두고 갔군."
"내 거야. 오랫동안 지닌 물건이지."
"사진 찍는 줄은 몰랐네."
"취미로 하는 거야. 5분 정도씩 날마다 찍지.
비가 오나 눈이 오나 우체부처럼 말이야."
"계산대에서 돈만 만지는 사람은 아니었군."
"남들이야 그렇게 보지만 내가 꼭 그럴 필요는
없지."
"(그가 찍은 사진이 든 앨범을 보며) 사진이
모두 같군."
"그래 똑같은 장소만 4,000장이야. 7번가와

114

3번가의 모퉁이를 매일 오전 8시에 찍은 거지.
날씨야 어떻든 4000일 동안 찍었어. 매일 휴가
가는 기분으로 같은 장소, 같은 시간에.
내 작품이지. 평생의 작품인 셈이지."

"놀랍네, 이해는 안 되지만. 이런 일을 한 동기는
뭔가?"

"글쎄, 그냥 떠올랐어. 내가 일하는 구역에서
세상의 일부분이지만 여기서도 매일 일이 생기지. 내
구역에 대한 기록이야."

"압도당한 기분이야."

"천천히 봐야 이해할 수 있네."

"무슨 뜻이지?"

"너무 빨리 넘기는군. 사진을 거의 안 보고."

"모두 똑같잖아?"

"똑같아 보이지만, 한 장 한 장 다르지. 밝은 날
오전, 어두운 날 오전, 여름 햇볕, 가을 햇볕,
주말, 주중, 겨울 오버코트 입은 사람, 셔츠에
짧은 바지 입은 사람, 때론 똑같은 사람, 전혀 다른
사람, 다른 사람이 같아질 때도 있고 똑같은 사람이

사라지기도 해. 지구는 태양 주기를 돌고 있고
햇볕은 매일 다른 각도로 지구를 비추고 있지."
"천천히 하라고?"
"해볼 만해."
"자네도 알듯이 내일 다음은 내일, 또 내일이야.
시간은 한 걸음씩 진행되지."
— 영화 〈스모크〉 중에서

우리가 시간과 공간을 넘어설 수 있다면

같은 동네에 사는 친구 집에 와 있다. 이 집에 오면
이상하리만큼 마음이 편안해진다. 우리 집과 다르게
가구나 가전제품도 많고 구경할 거리가 가득이다.
우리는 오늘 같이 브런치를 먹고 일을 하기로 했고 지금,
여기에 함께 있다. 이곳에 오기 전까지는 한 글자도
쓸 수 없을 것 같던 원고를 방금 쓰기 시작했고, 이걸 다
쓰고 나면 맛있는 저녁을 먹자고도 말할 수 있을 것 같다.
한 시간쯤 전에는 친구가 근사한 점심을 차려주었다.
새우와 마늘을 볶은 것, 막 구운 빵, 세 종류의 잼이
테이블에 차려졌다. 친구가 요리를 하는 동안 나는

커피를 내렸다. 맛있는 것을 배불리 먹고 나니 잠이
오길래 잠시 낮잠도 잤다. 이제 일을 해볼까 싶어
자리에 앉았고, 내가 자는 동안 일을 하던 친구는
일어나서 현관문 앞에 있던 상자를 들고 왔다. 어제
프린터를 주문했는데 오늘 바로 왔다고 신기해 하며
그걸 설치하겠다고 했다. 부시럭거리는 친구를 옆에
두고 나는 원고를 쓰기 시작한다.

　　가끔씩 오는데 올 때마다 '매일 여기에 오고
싶다'고 생각하는 것 같다. 여기에서라면 원고를 더
잘 쓸 수 있을 것 같고, 마감이 없는 글도 쓸 수 있을
것 같고, 책도 더 많이 읽어낼 것 같고, 그러다 보면
사는 게 아름다워질 것 같다. 책상 앞에 앉아 프린터를
설치하는 친구의 얼굴을 흘끔거리다가 궁금해졌다.
친구는 내가 없을 때도 테이블에 앉아 있을까. 나는
사실 집에서는 침대에만 누워 있다. 책상을 겸하는
식탁이 있긴 하지만 평일에는 회사에서 점심, 저녁을
다 먹고 주말에는 주로 밖에 있기에 그 앞에 앉는 일은
거의 없다. 더군다나 우리 집은 원룸이라 생활 공간의
구분도 거의 없다. 집에 오면 씻고 눕고 침대 위에서

나머지 일들을 한다.

　친구 집은 투룸이고 거실이 따로 있다. 우리가
지금 일하고 있는 테이블은 거실에 있는 긴 책상이다.
혼자 여기 앉아 있는 친구를 상상해본다. 어쩐지 내
친구는 외로운 줄 모르고 책상에 앉아 아름답고
우아하게 무엇인가를 하고 있을 것 같다. 혼자 있는
친구를 상상하다 지난 크리스마스에 비슷한 생각을
했던 일이 생각났다.

나를 포함한 총 네 명의 고등학교 동창들이 크리스마스를
외롭지 않게 보내겠다는 의지를 갖고 양꼬치 가게에서
만났다. "우리 집에 가서 옛날 사진 볼래?" "콜!"
"좋지!" "근데 너 옛날 사진 갖고 있는 거 있어?"
"어. 찾아보면 있을 거야."

　친구 집에 들어가자마자 빨리 사진을 보자고
재촉했다. 그는 기다려보라고 우리를 달래며
티브이와 컴퓨터를 연결하기 시작했다. "너 처음 해보는
거 아니야?" "아니야. 가끔 혼자 이렇게 봤었단
말이야." 부시럭거리는 넓은 등을 보며 오늘 했던

상상과 비슷한 상상을 했었다. 책상에 앉아 아름답고
우아하게 무엇인가를 하는 친구를 그려보듯,
이 티브이 앞에서 옛날 사진을 담담한 표정으로
감상하는 친구를 떠올려봤었다.

　　"됐다!" 연결을 끝낸 친구는 불을 끄고 소파
앞에 앉았다. 우리는 텔레비전에 띄워진 사진을
보았고 모두 한동안 말이 없었다. 그러다가 누가
"어?" 하는 짧은 신음 같은 소리를 냈고 누구는
"이야~" 하는 늙은 감탄사를 내뱉었다. 나는 "이런
사진을 도대체 언제 찍었어?"라고 물었다. 친구는
멋쩍게 웃었다. 20여 년 전의 일이고 우리가 함께
지나왔던 장면들이다. 잘 알고 있을 줄 알았는데
그렇지 않았다. 마치 없었던 일을 보는 것처럼
낯설었지만, 이내 반가워서 없었던 일이라고 말할 수
없었다. 이 기분의 정체를 알 수가 없어 멍하니
모니터를 보고 있는데 내 얼굴이 나왔다. 카메라를
들고 웃고 있는 내가 화면에 가득 찼다. 사진을 찍는
나는 저런 모습이었구나. 한 번도 본 적 없었다.
그제서야 내가 사진을 찍을 때, 건너편에서 커다란

DSLR을 들고 있던 친구가 생각났다.

　　나도 가끔 옛날 사진을 본다. 집일 때도 있고 회사일 때도 있고 어느 카페에서이기도 하다. 외장하드에 날짜별로 정리해둔 폴더를 하나씩 열어본다. 카톡이나 메일로 친구들에게 사진을 보내줄 때도 있지만 진짜 아끼는 것들은 먼 훗날에 주고 싶어 아껴두는 편이다.

　　친구들 찍기를 좋아해왔고, 언젠가 이것들이 소중한 이들을 기쁘게 할 거라 생각하면 가슴이 두근거린다. 하지만 누군가 찍어준 어제의 나를 보는 기쁨이 있을 거란 사실을 예상해본 적은 없었다. 카메라가 보편화되고 누구나 사진을 찍고 있다는 사실을 처음으로 고마워했다. 꼭 사진가가 아니어도 누구나 사진을 찍는다. 휴대폰이 있고 거기에 저장된 사진이 있다면, 누구든 언젠가 한 시절을 함께한 사람들을 모아두고 사진을 상영할 수 있는 거다. 전에는 늘 "내가 더 많이 찍어줄게" 하고 말하곤 했는데 이번 크리스마스에는 친구들에게 "우리 서로의 사진을 더 많이 찍어두자"라고 말했다.

　　내가 기억하지 못하는 나를 본 감동이 지나간 뒤,

곁에 앉은 친구들의 오늘이 보였다. 사진을 찍어준
친구는 고등학생 때는 불곰처럼 포악했다.
요즘은 온순한 물개처럼 지내서 신기하고 아쉽다.
내 오른쪽에 있던 친구는 불곰 같은 친구와 자주
싸웠는데, 지금 둘은 같이 배틀그라운드 게임을
밤새도록 하는 좋은 사이가 되었다. 또 다른 친구는
그들이 싸우는 틈에서 낄낄대며 웃곤 했었다. 지금도
그렇게 웃는다. 전처럼 자주 웃는지는 잘 모르겠다.

언젠가 인간의 머릿속을 형상화한 미디어 전시를 본
적이 있다. 한 사람의 머릿속에 여러 방이 있고 방마다
역할이 다르다. 중요한 일을 넣어두는 방이 있고
그렇지 않은 것을 쌓아두는 공간도 있다. 누런
상자들이 각 방에 쌓여 있는데, 커다란 박스를 열면 그
안에 여러 박스가 있고 또 그 안에는 아주 작은
박스들이 들어 있다. 친구의 사진을 보니 그 영상이
생각났다. 사진 한 장, 한 장이 하나의 박스 같았다.
    사진을 두고 쓰는 표현 중 '들어 있다'가 있다.
사진에 이런저런 마음이나 감정, 추억이 들어 있다고

말하곤 한다. 네모난 프레임 안에 '함께' 있었던 일을
넣어두는 거다. 까맣게 잊고 있다가 함께 있던 사람들이
그걸 한 장 꺼내 보는 일을 그려본다. 2차원으로
만들어진 평평한 면을 가만히, 뚫어져라 본다. 보고
있으면 그게 어느 순간 3차원으로 변할 거다. 내가 찍은
사진이라면 조금 더 생생하게 그 공간 안으로 들어갈 수
있을지도 모른다. 그게 만약 같이 있던 다른 이가 찍은
사진이라면 내가 보지 못한 면 쪽으로 입장해볼 수 있다.
언젠가 삼각형의 넓이 구하는 공식을 배울 때, 머리가
아팠다. 이해할 수 없었다. 그걸 겨우 이해했을
무렵에는 1, 2, 3, 4차원이 있다는 것도 알았는데
4차원은 도무지 상상할 수 없었다. 포기하고 모르는
채로 남겨두었는데 지난 사진을 같이 들여다보는 일이
어쩌면 4차원에 가까울 수 있겠다는 생각이 들었다.
같은 공간에서 나와 타인이 찍은 사진을 먼 훗날에
바라보는 일. 어색하고 낯설겠지만 저마다의 방식으로
지나간 시간을 떠올리게 될 거다. 내가 있던 방향과
상대가 있던 방향이 달랐다는 것을 알게 되겠지.
앞에 있던 이가 찍은 사진을 통해 '나'를 바라보다

보면 저마다의 시간과 등 뒤에 있던 공간이 겹쳐지며
'우리' 머리 위로 여러 차원의 세계가 겹쳐지고
3차원에서 벗어난다. 그 순간에는 아무도 외롭지
않을 수 있을까.

내가 지난 크리스마스를 떠올리는 동안 친구는 방금
막 프린터 설치를 끝냈다. "무슨 프린터 설치에 두
시간이나 걸리냐!" 우리는 웃었다. 오늘 이 집에 오지
않고 우리 집에 누워 있었다면 이 원고를 쓸 수 없었을
거다. 친구가 만들어준 브런치가 없었다면 짧은 잠도
없었을 거고 그러면 아직 졸고만 있을지도 모르겠다.
그렇게 생각하다 보니 있었던 모든 일이 다행이란
생각에 이른다. 이 집에 놀러와도 되냐고 처음으로
물어본 날도 그렇고, 기어코 그 시골에 있는
고등학교에 가겠다며 엄마에게 떼를 쓰던 날도
그렇다. 몰래 돈을 모아 필름 카메라를 샀던 일도
마찬가지다. 그러길 잘 했지. 우리에게는 선명한
증거들이 꽤 많이 있고, 마음만 먹으면 함께
들여다볼 수 있다.

128

늘 그래왔던 것처럼 두리번거리다가 몇 장의 사진을 찍어두었다. 오늘 찍어둔 몇 장의 사진을 보면서 있었던 마음을 떠올릴 수 있을까. 프린터 설치를 끝낸 친구는 낙지김치볶음밥을 만들고 있고, 이 집의 고양이는 나와 친구 사이에 누워 잠을 자고 있다.

취중사진

엄마와 처음 단 둘이 마신 술은 우리를 처음 겪는
세계에 몰아넣었다. 함께 본 벚꽃은 점점 더
선명해졌고, 엄마의 눈을 볼 수 있는 시간도
늘어났다. 평소 하지 않던 질문도 잔뜩 하고, 생전
안 찍던 셀카도 찍고, 사진을 찍지 않을 때는 손을
꼭 붙잡았다.

　　우리는 술을 즐기지 않는 유의 사람들이었다.
술에 떡이 되어 동생이 집에 올 때, 아빠가 화장실에서
웩웩거릴 때, 엄마와 나는 혀를 차며 양말을
벗겨주거나 등을 뚜들겨주는 역할을 했다. 그렇다

보니 엄마와 둘이 맥주를 마시며 벚꽃 길을 걷고 있는
순간은 영 낯설 수밖에 없었다. 수십 년을 알고 지낸
사람과 처음 겪어보는 일. 엄마는 조금 취했고,
그런 엄마를 따라가다가 한 번도 해본 적 없는 질문을
대뜸 던져보았다.

　　"엄마, 술 취하면 시력 좋아지는 거 알아?" 엄마는
무슨 소리냐며 웃었다. 이미 취한 엄마는 나의 질문이
의미 없다고 생각했는지 빠른 걸음으로 저만치 앞서 가
벚꽃 아래에 섰다. "이상한 소리 말고 사진이나
찍어봐!" 한 손은 흔들고 다른 한 손으로는 빨대가
꽂힌 맥주를 꼭 움켜쥐고 있었다.

술을 마시고 적당히 취기가 올라오면 시력이 좋아지는
순간이 있다. 그때마다 옆에 있는 친구들에게 묻는다.
"술 취하면 시력 좋아지는 거 알아?" 대부분 모른다.
말도 안 되는 이야기라며 고개를 젓는다. 취하면 시야가
더 흐릿해지지 어떻게 좋아지겠느냐고 되물으면 할 말이
없다. 그렇지만 정말 시력이 좋아지는 것을 어떡하지.
잠깐이지만 모든 게 선명하게 보이는 순간이 있다.

간혹 이 질문에 "나도 그거 뭔지 알아!"라고
말했던 사람들은 라식이나 라섹 수술을 했다는
공통점이 있었다. 내 경우에는 라섹을 했기에
우리가 수술을 한 것이 뭔가 영향을 주나 보다,
하면서 계속 이유를 찾아 나섰지만 아직 명확한
원인은 찾지 못했다. 설득력이 있었던 한 가지
이야기는 순환에 대한 것이었다. 적당한 알코올이
들어오면 일시적으로 혈액이 잘 돈다고 한다.
긴장이나 피로도가 높은 사람들은 그때, 순간적으로
눈 주변의 피가 빠르게 돌면서 잠시 그런 현상이
일어난다는 것이다. 이것은 전혀 근거가 없는
이야기이고 의학적인 근거가 있는 사실은 술은 시력에
안 좋은 영향을 준다는 것뿐이다. 언젠가 누가
근거 있는 사실로 이 현상을 증명해주면 좋겠다.

어쨌거나 술을 마셨을 때, 잠시 눈앞이 깨끗해지는
순간은 선물 같다. 오랫동안 알고 지내던 혹은 낯선
사람들과 잠시 긴장을 놓고 진짜인지 모를 서로를
바라볼 수 있다. 그때마다 취한 정신을 바로잡아

사진을 찍어두곤 한다. 그 순간에는 많은 게 엉망이
되고, 그걸 담은 사진은 매번 진창으로 나온다.

할머니와 저녁 식사

할머니 생신이 정확히 며칠인지 모른다. 겨울이 한창일
때, 엄마가 "다음 달에 할머니 생신이라 저녁 먹을
거니까 시간 비워둬" 하면 달력에 '할머니 생신 저녁'
이라고 적어두는 식이다. 선물을 고르는 일에도 별다른
긴장감이 없었다. 학생 때는 내복이나 케이크, 장갑,
목도리 같은 것을 샀다. 돈을 번 뒤로는 용돈을 드렸다.
　　매년 찾아오는 생일이었기에 작년과 별다를 게
없었다. '올해는 무슨 선물을 사지' 고민하다가
어쩌면 이번이 마지막일지도 모른다는 생각이 들었다.
얼마 전, 이모 환갑 때 뵈었던 할머니 얼굴이 검었다.

무엇을 사는 게 좋을까. 식욕이 없어 케이크는 드시지
않을 것 같고, 집에만 있으니 장갑이나 목도리도
소용없는 물건이다. 가만히 누워서 시간을 보내는
사람에게는 어떤 선물이 기쁨일까, 그런 고민을 하다가
꽃집에 갔다.

할머니는 시각장애인이다. 엄마가 스물 몇 살이던 어느
날, 갑자기 눈이 멀었다고 한다. 40여 년 정도를
아무것도 보지 못하고 살아온 할머니 기억 속의 엄마는
20대 초반의 모습일 거고, 내 얼굴은 형체가 없다.
　　할머니는 나름의 방식으로 나를 기억했다. 기억을
돕는 신체 부위는 주로 손이었다. 오랜만에 만나면
양손을 내밀어 한번 꽉 끌어안았다가, 한 손으로는
내 손을 잡고 다른 손으로 몸의 구석구석을 더듬었다.
"머리카락을 많이 길렀네." "키도 제법 자랐구나."
"여기 이건 무슨 흉터니?" 나름의 방식으로 손녀가
자라는 것을 기억하고 소리나 냄새로 나를 알아차릴 수
있었을지도 모르겠다. 하지만 "선아야"라고 부르면서
한 번도 내 얼굴을 떠올릴 순 없었을 거다.

자주 눈을 감는다. 초등학교 때는 수건으로 눈을
가리고 집 안을 돌아봤다. 가족이 없는 텅 빈 집에서
눈을 가린 채 걸어보았고, 그건 거의 모험이었다.
방문의 얕은 턱도 발끝에 높게 닿았고 손에 닿은
모서리들은 매서웠다. 한번은 신호등 아래
시각장애인용 버튼이 있길래 눈을 감고 누른 적도
있다. 초록 불이 켜지면 건너라는 음성과 벨이
울리지만, 건널 수 없었다. 도대체 이 소리를 듣고
횡단보도를 건너려면 얼마큼 용감해야 할까,
생각하며 눈을 떠야 했다. 카메라를 들고도 가끔
그렇게 해본다. 우스운 동작인 걸 알면서도 눈을
감은 채로 셔터를 누른다. 사진은 볼 수 있기에 찍을
수 있는 걸까. 그렇다면 어느 날, 누군가 내 눈을
앗아가면 더는 사진은 찍지 못하게 될까. 공연을
보다가, 춤을 추다가, 책을 읽다가, 음악을
듣다가, 눈을 감고 이런저런 생각을 해보곤 한다.
언젠가는 할머니를 떠올리며 시작했던 일이지만,
지금은 할머니가 선물해준 오랜 습관이라 여긴다.

동네 꽃집에 들어갔다. "할머니에게 선물할 건데, 눈이
안 보이시거든요. 향이 가장 진한 꽃은 어떤 거예요?"
주인아주머니는 겨울이라 향 나는 꽃이 거의 없다며 몇
가지 꽃을 내 코에 가져다 댔다. 그나마 향이 짙은
것으로 정했고 그 꽃들은 색이 다양했다.
옅은 분홍, 진한 분홍, 옅은 보라, 진한 보라색 중
몇 가지 색을 겨우 골랐다. 아주머니는 포장지와 리본을
꺼냈다. "안 보이시니까 간단히 포장할게요"라고
하기에 "향이 없지만, 예쁜 꽃도 좀 더 보여주실 수
있을까요? 포장은 최대한 화려하게 해주세요"라고
정중히 말했다. 그는 나를 흘긋 보더니 카네이션 세
송이와 유칼립투스도 꺼냈다. "녹내장 같은 거예요?"
"아뇨. 30년 전쯤, 어느 날 갑자기 안 보이셨대요."
꽃잎과 비슷한 듯 묘하게 다른 색의 포장지가 줄기를
감싸고 있었다. "아가씨, 오늘은 꼭 사진을 찍어요.
예쁘지 않아서, 늘 보는 얼굴이니까, 하며 미루다 보면
그 얼굴을 못 보게 되어 아쉬울 때가 있더라고."
그 말을 하며 꽃다발 위로 투명한 비닐 한 겹을 더
씌워주었다.

꽃을 들고 지하철을 탔다. 엄마에게 전화가
왔다. "어디쯤 왔어? 용돈 준비했어?" "아니,
꽃을 샀어." "쓸데없이 꽃을 왜 사. 돈으로 드리지."
"할머니는 돈 쓸 일이 없잖아. 그냥, 꽃을 사고
싶었어." 엄마는 얼른 오라며 전화를 끊었다.
많은 사람 틈에 꽃이 눌리지 않도록 가슴팍 쪽으로
꽉 끌어안았다.

잠든 방

좋아하는 사람의 잠자는 얼굴을 들여다볼 수 있는
시간은 절호의 기회다. 평소에는 잘 보지 못했던 상대의
얼굴을 자세히 볼 수 있다. 반질반질한 이마, 가지런한
눈썹이나 두툼한 눈두덩이, 코끝의 굴곡이나 그 근처의
상처, 인중과 입술이 이어지는 골, 그런 걸 보고 있으면
잘 알고 있어야 할 얼굴이 아주 낯설다. 얼굴뿐만
아니라 발가락이나 배꼽, 귓바퀴처럼 평소에는 볼 수
없는 몸의 구석을 관찰하기에도 좋다. 이불 밖으로
빼꼼히 나온 타인의 몸을 보다가 근처에 카메라가
있으면 조심스레 사진을 찍는다. 바스락거리지 않게,

발자국 소리가 나지 않게, 살금살금. 성공할 때도
있지만 그 소리에 상대가 일어나는 일도 적지 않다.

어릴 적에는 오후에 한번씩 낮잠을 잤다. 깨어나서
주변을 둘러보면 엄마가 잠들어 있었다. 옆에서 자고
있는 엄마의 눈 감은 모습은 매번 낯설었다. 그때마다
두 손가락으로 그의 한쪽 눈을 열어봤다. 엄지와
검지로 감긴 눈을 벌리면 검은 눈동자가 움직였다.
이 기억을 이야기하면 엄마는 미간을 찌푸린다.
"네가 눈 까뒤집는 건 정말 끔찍했지." 나를 재워놓고
잠시 눈을 붙이는 시간이 엄마에게는 얼마나 좋은
일이었을까. 그때마다 어린 딸에게 억지로 눈을
뒤집히며 깨는 건 또 어떤 고통이었을지. 나는 그때
왜 그랬을까, 뒤늦은 반성을 하다 보면 두려움이
어렴풋하게 떠오른다. 자다 깼는데 엄마가 눈을 감고
있으면 얄팍한 공포 같은 게 생겼다. '왜 가만히
있지? 움직이지 않는 거지?' 눈을 열어보고 눈동자가
움직이고 그러다 엄마가 깨어나야 불안이 사라졌다.
본능적으로 사랑하는 사람이 움직이지 않는 일은

슬픔에 가까운 일이란 걸 느꼈을지도 모른다.

시간이 흐르며 굳이 눈을 벌리지 않고도 자는 사람의
생사를 확인할 수 있다는 걸 알게 되었다. 자고 있다는
걸 알았으면, 억지로 깨우는 대신 일어날 때까지
기다린다. 그렇게 기다리고 있다 보면 익숙한 얼굴의
낯섦을 발견하기도 하고, 몰랐던 부분을 찾게 되기도
하는 거다. 운이 좋으면 상대의 꼬마 시절이 보이기도
한다. 본 적 없는 엄마와 아빠의 어린 모습을 자는
얼굴에서 발견한 적이 있다. 자고 있는 이는 알 수 없는
자신의 얼굴일 거다.

지금은 원룸에 산다. 방과 방의 구분이 없고 작은
베란다와 비좁은 화장실이 있다. 여기서 가장 많이
본 잠자는 얼굴은 고양이의 것이다. 처음 우리 집에
온 어린 고양이의 표정은 이상했다. 무서운 걸까,
신기한 걸까, 두려운 걸까. 그의 감정은 정확히
알 수 없었지만 자연스럽지 않다는 건 알 수 있었다.
나 역시도 고양이가 내 방에 있는 것이 불편했다.
서로가 낯설었던 우리는 자주 주변을 두리번거렸다.

한동안 고양이는 깊게 자지 못했다. 작은 소리에도 놀라 깨고 내가 찾을 수 없는 곳에서 숨어 자기 일쑤였다. 고양이는 원래 그런 동물인 줄 알았다. 시간이 흐르고 우리에게 서로의 있음이 익숙해지니 꼭 그런 것만은 아니었다. 언젠가부터 내 발밑으로, 옆구리 틈으로, 얼굴 옆으로, 잠자리를 바꾸었다. 그렇게 잠자리를 바꾸던 즈음에는 시도 때도 없이 잤다. 아무리 배를 찌르고 앞발을 들어봐도 한없이 자기만 했다. 그런 고양이를 보고 있으면 내가 아주 대단한 인간이 된 것 같았다. 마냥 기쁜 것은 아니다. 안전하고 자유롭지 않은 내 방이 녀석이 원했던 장소인지 나는 알 길이 없으니까, 기쁘다가 슬퍼지고 또 슬프다가 기뻐하길 반복한다. 가끔 자다 깨면 고양이가 내 얼굴을 보고 있는데, 그때 녀석은 무슨 생각을 할까.

먼저 잠든 혹은 아직도 자는 이들을 빤히 본다. 자는 모습은 각기 다른데 그걸 보는 내 마음은 언제나 비슷하다. 낯설고 편안하다. '동생의 코는 이렇게 생겼구나.' '친구는 눈썹이 별로 없네.' '엄마는

입술이 예쁘네.' '아빠의 눈가엔 주름이 많다.'
'애인은 코털도 귀엽구나.' '모찌는 긴 수염이
아홉 개네.' 자는 이가 깨지 않도록 조용히 얼굴을
바라본다.

낯선 계절들

계절에 맞게 살아왔다. 봄, 여름, 가을 그리고 겨울이
만드는 리듬 같은 것을 타고 여기까지 흘러온 거다. 이
사실을 최근에 알아차렸다. 누군가는 당연히 알고
있었을까. 내 경우에는 의식해본 적이 없다. 적어도
올해가 오기 전까지는 그랬다. 계절이 오는 일은
의심할 필요가 없었다. 매년 적절한 때에 비슷하게
와줬고, 너무도 당연해서 애써 설명하지 않았다.
"벚꽃이 피었네." "이번 여름휴가는 어디로 가요?"
무리하지 않는 문장들로 계절이 오는 일을 이야기할
수 있었다. 눈에 보이지 않는 먼지로 두통이 오거나,

겪어본 적 없는 더위에 집 밖을 나설 용기가 나지 않거나
그치지 않는 비로 매일이 눅눅해지는 상황을 지나보니
알게 되었다. 이 시간들이 매번 눈치채지 못할 정도로
자연스럽게 와줬고, 그에 맞춰 살아오며 생긴 안정이
있었다는 걸.

물질이나 인간관계 같은 것만이 한 사람의 삶을 돕는
것이 아니었다. 계절에 길들여져 사는 일이 얼마큼
위로와 평온을 주는지, 내가 알고 있는 한 계절이
낯설어질 때 엄습하는 불안이 어떻게 일상을 뒤흔드는지,
예전에는 미처 몰랐다.

무더웠던 여름날이었다. 밖에 나갈 엄두가 나지 않아
미뤄뒀던 필름을 정리하기로 했다. 창고에서 필름
박스를 꺼냈다. 400롤이 넘는 필름이 들어 있었다.
방바닥에 필름을 늘어놓고 한 롤씩 전등에 비춰 내용을
확인했다. 시간 순으로 늘어놓고, 네임펜으로 봉투에
장소나 함께했던 사람 등을 써넣고, 다 적은 뒤에는
순서대로 파일에 끼워 넣었다.

수십 년간 찍은 사진을 한번에 정리하는 일은

생각보다 쉽지 않았다. 몇 번 반복하다 보니 땀이
흘렀다. 더위 속에서 단순한 일을 반복하며 땀을
흘리고 있으니 별생각이 들었다. '아무래도 지구가
아픈 거겠지. 이러다 내일 아침에 갑자기 폭발하면
어쩌지. 어느 영화처럼 창문으로 물이 들이닥치고,
지진이 나서 땅이 갈라지고, 인간의 힘으로는 막을 수
없는 자연의 어지러움이 이 땅을 휘저으면 어떻게 해야
할까.' 할 수 있는 게 아무것도 없을 것 같았다.
필름이나 스캔 파일을 저장해둔 외장하드 같은 것도
다 사라질 것이다. 사진을 너무 믿고 있었나.
그것들이 추억을 대신해주거나 기억할 자리를
마련해준다고 여겼는데, 쉽게 없어질 수도 있는 필름
조각이나 파일 하나에 지나지 않을 거란 상상에
허무해졌다. 이런 것들이 어느 날 다 사라져버리고
영영 볼 수 없게 된다면 사진을 찍는 일에는 어떤
의미가 있을까.

　　그런 생각을 하며 한 필름을 빛에 비췄다. 나무의
잔가지가 보였다. 여기가 어디지, 싶었는데 옆의
것들을 보다 보니 친구들과 갔던 숲이라는 걸 알 수

있었다. 그 사진 주변에서 있었던 일들이 떠올랐다.
텐트를 치고 산속에서 하룻밤 잔 날이었고, 뱅쇼 한
잔을 손에 들고 친구와 산책을 나섰다. 천천히 걷다가
잔가지들이 부딪치며 내는 소리가 들려 잠시 멈췄다.
소리가 나는 쪽을 보니 여러 나무가 겹쳐 흔들리고
있었다. 그걸 보고 있다가 다시 앞을 보니 어느 틈에
같이 걷던 친구가 작아져 있었다. 보이지 않는 곳에서
친구 무리의 웃음소리가 들렸고, 손에 들고 있는 컵은
아직 따뜻했다. 작아졌던 친구가 내 쪽을 향해 돌아
걸어오는 모습이 보였다. 컵을 바닥에 두고 주머니에서
카메라를 꺼내 셔터를 눌렀다.

　　이런 식으로 10년 그리고 또 10년, 찍다 보면
적잖은 양의 필름이 쌓일 거다. 소중함과 동시에
짐스럽게 느껴진다. 필름을 정리하며 발견한 사진에
반갑기도 했지만 충분히 지칠 만한 양이었다. 누군가
사진을 찍는 이유를 물어오면 추억이나 기억 같은 단어를
떠올렸었다. 특별히 답을 하진 않았지만 그렇게
생각하면 마음이 편해졌다. 만약 사진이 기억이나
추억을 위한 흔적이라면 그건 너무 미래에 있다.

기록이나 타인에게 전시하기 위함이라는 이유도
마찬가지고, 목적을 갖고 돈을 받는 일도 말할 것도
없다. 사진은 미래를 위한 걸까. 그런 이유로
카메라 앞에 기다리고 있는 풍경이나 사람, 사진을
찍는 '지금'을 먼 훗날로 미리 보내버린 것은
일종의 게으름이 아니었나, 하는 생각이 든다.

요즘은 기억하고 싶은 순간에 셔터를 누르는 동작을
생략해보고 있다. 양손의 엄지와 검지로 네모난
프레임을 만들어 사진 찍는 시늉을 하는 것처럼,
보이지 않는 프레임을 눈앞에 두고 그저 보기만
한다. 뭔가를 보고 카메라를 꺼내 사진을 찍는 시간
정도를 아무것도 하지 않고 보기만 하는 거다.
필름뿐만 아니라 휴대폰 카메라도 마찬가지다.
무작위로 욕심껏 틀어대는 에어컨이나 일회용
컵들이나, 여기저기서 찰칵거리는 휴대폰 카메라의
소리가 크게 다르지 않을 것 같기도 하다. 어떤 면이
닮아 있다. 버려지는 컵이나 실외기 밖으로 나오는
뜨거운 바람을 닮은 것들을 내 오랜 필름에서

보았던 것 같다. 셔터를 누르는 일을 생략함이 에어컨을 끄거나 텀블러를 들고 다니는 차원의 절약이나 보호는 아닐 것이다. 다만, 계절이 낯설어지거나 필름을 정리하며 느꼈던 불안을 줄여보고 싶은 바람에 가깝다.

여름밤을 좋아하지만 이번 여름에는 '아, 역시 여름밤이 좋다' 하고 느낀 날이 몇 없다. 눅눅한 공기 아래로 바람이 부는 밤, 그 틈으로 이리저리 걷는 일은 얼마나 소중했던 걸까. 당연한 줄 알았던 것들이 사라질지도 모른다는 생각에, 알던 일들이 귀하게 느껴진다. 얼마 전, 신문 기사에서 이번 겨울에 전에 없던 한파가 온다는 내용을 읽었다. 가을에서 겨울로 넘어갈 때, 변하는 공기의 냄새나 코트 깃을 잡고 거리를 거닐 때의 경쾌함 같은 것을 느낄 수 있는 날이 드물 수도 있을 거다. 내가 알던 그 겨울은 이제 몇 달 중에 단 며칠에 지나지 않겠지. 이번 봄의 오후가 그랬고, 여름밤이 그랬던 것처럼. 불안을 막을 수 없어 내가 할 수 있는 일을 두리번거린다. 그러다 보면 자꾸만 막막해져서 불빛에 비춰본 필름에 있던 나뭇가지를 다시 한번 떠올려본다.

"사진을 왜 찍는 거예요?"
"무언가를 바꿀 수 있는 유일한 방법은 모든
것을 아주 천천히 다시 쳐다보는 겁니다."
― 영화 〈클레어의 카메라〉 중에서

'이게 바로 내가 하고 싶은 이야기인데!' 당신의 영화를
볼 때마다 드는 생각입니다. 당신은 저보다 나이도
많고, 만든 작품도 많기에 우리가 비슷한 결을 지녔다면
제가 당신의 영향을 받은 것이겠죠. 하지만 이렇게
설명해버리면 어쩐지 제 쪽에서 아쉬운 기분이 드는
것이, 당신은 정말로 제가 태어날 때부터 하고 싶었던
이야기를 먼저 해버리고 있는 것 같습니다. 분하거나
질투를 느끼기에 우리 사이가 멀어 다행입니다.
내가 하고 싶은 이야기를 먼저, 그것도 잘, 해내고 있는
어른이 있다는 사실에 위안을 받곤 합니다.

영화계에서 당신 같은 스타일로 거장이 되는 일은
어려워 보입니다. 보통은 더 화려하고 다이내믹해야만
흥행에 성공합니다. 권선징악의 구조 아래에서
악은 벌을 받고 영웅은 세상을 구해야만 사람들의 속이
후련하고, 그로 인한 박수를 받기 쉽지요. 눈이
뒤집히는 미장센으로 사람들의 혼을 쏙 빼놓아야 하는

것은 당연하고요. 그에 비해 당신의 영화는 지나치게 수수합니다. 대개는 집이나 자연의 어느 풍경들이 배경이 되고, 특별할 것 없어 보이는 일상에서 어떤 색채도 뚜렷하게 찾아볼 수 없습니다. 사람들은 애써 한 문장을 찾아서 "고레에다 히로카즈는 이번 영화로 이런 이야기를 하고 있다!"고 정리하곤 하지만 정작 당신은 주제나 메시지에 대해 말하는 것은 촌스럽기도 하고, 좋아하지도 않는다고 말해버리기에 여러 사람을 머쓱하게 만들곤 합니다.

당신의 영화에는 판단이 없습니다. 주로 가족 이야기를 많이 하시지요. 피로 연결이 된 가족도 있고, 애매하게 피가 섞인 가족도 있고, 아주 피가 섞이지 않은 가족도 등장합니다. 그 안에서 맺어지는 여러 관계와 사회적 상황을 미루어 보면 '나쁘다!'고 재단해야만 하는 순간이 있습니다. 나쁘다고 손가락질 받을 인물을 더 극적으로 몰아세워 잔인한 방식으로 벌을 준다면, 분명 영화의 좋은 흥행 요소가 되겠지요. 저는 그런 식의 영화들을 보고 나면 사는 게 버거워집니다. 인간이

156

인간을 판단하는 일이, 그 과정에서 머리채를 잡아야만
하고, 칼을 휘둘러야 하고, 피가 튀겨야만 하는
장면을 영화에서 보는 일들이 괴로울 때가 있습니다.
당신은 등장인물들과 적당한 거리를 유지합니다.
세밀한 관찰자로 그들의 마음에서 일어나는 일들을
표현해줍니다. 어떠한 자극 없이 보는 이가 자연스레
등장인물을 입체적으로 바라볼 수 있게 합니다.
그리고 나지막이 질문을 던집니다. "이래도 정말로
그가 나쁜가요?"

　　당신의 영화에 대한 비평을 찾아볼 때, 심심찮게
'나이브'라는 단어를 찾아볼 수 있습니다. 'naïve'는
'순진해빠진, 순진무구한, 천진난만한 스타일의'라는
뜻을 지닌 말입니다. 어쩐지 반발심이 생깁니다.
나이브하다는 말로 묘사하기에 당신은 지나치도록
치밀하게 세계를 관찰합니다. 세상의 약아빠진 면을
속속들이 알고 있지만 그것들을 말하거나 보여주지 않고
그저 느낄 수 있게 하는 일에 얼마큼의 영민함이
필요할까요. 선과 악, 빨간색과 파란색, 좋음과 나쁨,
동과 서, 세상의 많은 것들은 둘로 나뉘어져 있습니다.

양쪽으로 편을 나눈 뒤, 한쪽 편에 서서 어떤
이야기를 하는 일이 많고 쉬운 세상입니다. 재단하고
바라보기 시작하면 이야기를 풀어나가기가
명쾌하지요. 하지만 '그게 왜 나쁠까? 정말 나쁜
것일까?'라는 의문에 의심을 품고 무엇인가를
해결하려면 일이 복잡해집니다. 둘로 나뉜 것들
사이에 있는 무수한 것들을 파헤쳐보고 그 면면들을
살피는 이야기는 멀리서 바라보면 얼핏
두루뭉술합니다. 양쪽으로 나누어둔 어느 쪽에도
속하질 못하니까요. 그걸 두고 '순진하기는!'
이라고 말하게 될 수도 있을 것 같아요. 큰소리와
커다란 몸짓으로 무엇인가를 속 시원하게
해결해나가는 사람의 메시지는 더 쉽고 정확하게
보이곤 합니다.

　　당신의 영화에는 세상에 존재하는 많은 것들이
당신만의 언어로 담겨 있습니다. 그런 영화가
영화제에서 커다란 상을 받고 탄탄한 팬덤을 갖고
있는 것을 보면 어쩐지 힘이 됩니다. 제 이야기도
다수의 사랑을 받기에는 역부족인 면이 있습니다.

다만, 그럼에도 이런 방식의 이야기도 어디 한번 들어보고자 하는 사람들이 적잖게 숨어 있다는 사실을 당신을 통해 확인하곤 합니다. 그것들을 지켜보면서 저도 제 이야기를 계속 해나갈 수 있는 용기를 얻습니다.

어떠한 평가에도 불구하고 당신의 영화는 세련됩니다. 인간의 입체적임을 파악하고 대사로 표현하는 방식도 그러하지만 무엇보다 미장센이 그렇습니다. 사람들의 감정이 드러나는 미묘한 순간들도 대사가 아닌 몸짓이나 눈짓으로 표현할 때가 많고, 모든 것들의 배치가 적확합니다. 우리는 사실 영화처럼 많은 말을 하며 살지는 않습니다. 친구나 가족들과 여러 관계와 일상 속에서 말 아닌 다른 것들로 표현될 때가 많습니다. 다만 영화에서는 대사라는 장치로 삶이 연결되어야 자연스럽기에 쉴 틈 없이 여러 대사가 오가곤 하죠. 그걸 포기하고 다른 장치로 대화를 대신하는 당신의 방식에서 세련됨을 느낍니다. 미묘한 감정선을 장면으로 담아내기에 당신의 영화를 볼 때면 여러 번 정지 버튼을 눌러야 합니다. 영화관에서 보고 온 영화를 집에 와서 보고 또 봅니다. 보지

않는 날에도 그저 틀어놓기도 합니다. 한 장의
사진으로 손색없는 무수한 장면들을 보고 있으면,
제가 보지 못했던 세상의 더 많은 다른 면을 이해할
수 있게 됩니다.

얼마 전, 당신이 프랑스에서 촬영한 〈파비안느에
관한 진실〉이라는 영화를 봤습니다. 배경은
프랑스고 배우들은 서양인입니다. 저는 줄곧
당신의 영화를 중심으로 "일본 영화를 좋아한다"고
말해왔기에 이 영화가 흥미로웠습니다. 일본이
배경이 아니고 일본인이 아닌 배우를 썼을 때,
당신이 하고자 하는 이야기가 어떻게 비칠 수
있을지가 궁금했죠. 도입부에서는 영 잘 모르겠더니
다 보고 난 뒤, 크레딧이 올라갈 때는 '와, 고레에다
히로카즈가 만든 영화가 맞구나' 싶더라고요.
낯선 풍경에서도 당신의 시선이, 목소리가 들려서
신기하고 부러웠습니다. 저의 시선과 이야기도 어떤
상황이 와도 변하지 않을 수 있을까요. 창작자가
고유의 목소리를 갖고 있고, 매번 그것으로 다른
이야기를 해나가는 것이 얼마나 어려운 일인지

알기에 당신의 최근작들은 더 감탄하며 보고 있습니다.

당신 이후로는 좀처럼 좋아하는 영화감독이 생기지
않았는데 최근에 '하마구치 류스케'라는 감독을
좋아하게 되었습니다. '제2의 고레에다 히로카즈'로
불리고 있어 그도 당신도 곤욕일 것 같습니다. 비슷한
결을 지니긴 했지만 또 다른 방식으로 세상을 예민하고
섬세하게 바라보는 감독이라 여깁니다. 당신도 그도
서로를 같은 선상에 두는 것이 불편하겠지요. 분명 다른
이야기를 하고 있는데도, 한 묶음이 되어야 한다는
사실이 묘할 것 같습니다. 그럼에도 든든한 마음이 들 것
같기도 하고요.

두 분 모두 오래오래 사셨으면 좋겠습니다.
제가 무엇인가를 만들어나갈 때, 당신들도 바다 건너
어딘가에서 계속 무언가를 만들고 있다면 좋겠고요.
이야기를 만들기가 지치거나 무슨 이야기를 해야 할지
모를 때, 당신들이 만든 영화가 영화관에 걸리고
또 기쁜 마음으로 그것들을 보러 가고 싶습니다.
계속, 아름다운 이야기를 만들어주십시오.
저도, 분발하겠습니다.

아름다운 오해

놓쳐버린 순간에 대하여

베를린에 머문 지 두 달째였다. 친구와 집 근처 카페에서
커피를 기다리는데 한 아주머니의 뒷모습이 눈에
들어왔다. 진분홍색 셔츠를 입은 아주머니는 차를
마시고 있었고, 바로 옆에는 비슷한 색의 꽃도 보였다.
햇빛이 그 자리를 비추고 어디선가 바람도 불어왔다.
아주머니의 흰 머리카락과 꽃이 비슷한 속도로
움직였다. 한참 넋을 놓고 그 풍경을 보았다.

　　이걸 읽은 사람들은 이 장면을 정확하게 떠올릴 수
있을까? 불가능하다. 진분홍이라는 단어를 들었을 때,
저마다 떠올리는 진함과 분홍의 정도가 다를 거고,

셔츠의 소재가 어떤지, 여자의 체구는 어느
정도인지를 가늠하기 어렵다. 이 모든 것을 자세히
늘어놓았다고 해도 각자가 그린 이미지가 실제와
일치할 수는 없을 것이다. 그러나 사진이 있었다면
얘기가 달라진다. 이미지 속 형상에 바람을 입히는
상상력만 약간 발휘하면 얼추 그 순간과 가까웠을
것이다. 하지만 찍지 못했다. 아주머니와 나 사이에는
거리가 있었다. 몇 개의 테이블을 지나 카페의
중앙으로 나아가야만 좁혀질 수 있는 거리. 카페 안의
사람들은 저마다 조용한 시간을 보내고 있었는데 내가
움직이면 모두의 흐름을 끊어야 했다. 아주머니의
평온한 뒷모습도 흔들려야 했고. 갈까, 말까
망설이다 카메라를 밀어놓고 그저 바라봤다.

친구와 이야기를 나누다가 한참 후에 그쪽을 봤더니
아주머니는 사라지고 없었다. 카메라를 밀어놓을 때,
이미 예상했던 일이지만 어쩐지 아쉬웠다. 테이블 위에
놓여 있는 카메라를 만지작거리다가 문득, 사진
동아리에 들어간 일이 생각났다. 사진 동아리에

170

들어가려면 필름카메라가 필요했고, 엄마가 장롱에서 꺼내준 카메라를 갖고 가서 선배에게 필름 감는 법을 배웠다. 첫 필름을 감고 며칠 후, 지리산 종주를 떠나게 되었다. 식량과 침낭 같은 것으로 가득 찬 40리터 배낭 안에 무거운 SLR 카메라를 겨우 쑤셔 넣었다.

지리산 입구에 도착하자마자 카메라를 꺼내 목에 걸었다. "선아, 괜찮겠어?" 친구가 내 카메라를 가리키며 질문했다. 그의 다른 손에는 일회용카메라가 들려 있었다. "무거운 카메라를 들고 왔으니까 무게만큼 잘 찍어볼게!" 3박 4일간 산속에서 사진을 찍었다. 새로 산 카메라를 들고 여행을 떠나본 경험이 있는 사람들은 알 것이다. 부지런히, 정말 부지런히 찍게 된다. 세상의 모든 순간을 포착하려는 사람처럼 매 순간 카메라를 들이민다. 사진을 찍다 친구들과 틈이 벌어지거나 뒤처지면 후다닥 뛰어 올라가기도 하고, 어떨 땐 앞서 뛰어가서 뒤에 오는 친구들을 찍기도 했다. 배낭이 무거워 식량도 버렸고, 옷도 몇 벌 친구에게 줘버렸는데, 카메라와 필름은 버릴 수 없었다.

집에 돌아오자마자 동네 사진관으로 뛰어가 필름을

맡겼다. 며칠이 흘렀고 사진이 나오기로 한 날이
되었다. 사진관 문을 열며 들뜬 인사를 했다.
이름을 큰소리로 말하며 얼른 봉투를 받아보려고
손을 내밀었는데, 아저씨가 안쓰러운 표정을 지었다.
"학생 것, 미노광이야." "그게 뭐예요?" 아저씨는
내 이름이 적힌 봉투에서 필름을 꺼내 보여주며
아무것도 찍히지 않았다고 했다. 어떤 카메라로
찍었느냐고 묻기에 엄마가 물려준 카메라라고 했더니
수리를 맡기라고 했다. 카메라를 들고 들떠 있던
지난 한 달이 떠올랐다. 엄마가 카메라를 건네줄 때,
그걸 들고 동아리 선배를 찾아갔을 때, 몇 번씩 필름
거는 연습을 할 때, 첫 필름을 감아 꺼낼 때, 셔터를
누를 때, 나흘간 찍은 필름을 들고 사진관으로 향할
때…. 아무리 비춰보아도 필름에는 아무것도 남아
있지 않았다.

아쉬움이 잦아들 무렵, 일회용카메라를 들고
산을 올랐던 친구가 봉투를 내밀었다. 그 안에는
지리산에서 찍은 사진이 들어 있었다. 왜 내게 이걸
주느냐고 묻지 않았고, 그도 왜 주는지에 대해서

172

말해주지 않았다. 여전히 왜였는지는 모르겠지만,
친구는 그 사진을 주고 얼마 후에 미국에 이민을 갔다.
가끔 사진 뭉치를 꺼내 보며 '지리산이 이런
곳이었구나' 하고 생각한다.

지난 일을 떠올리며 손끝으로 카메라를 만지작거리다가
아주머니가 있던 자리 쪽으로 다시 한번 고개를
돌려봤다. 아주머니가 떠난 자리에는 다른 여자가
앉았고 바람도 빛도 사라졌다. 앞에 앉아 수첩에 뭔가를
끄적거리던 친구가 말을 걸었다. "선아, 우리 뒤에
빨래 널려 있는 저쪽 봐봐. 예쁘지? 여기 꼭 남부
이탈리아 같다." "어? 그러네. 예쁘다." 하며
반대편의 풍경을 봤다. 내가 보았던 것과는 다른
아름다움이 등 뒤에 있었다.
　　사실, 아주머니가 있던 장면을 찍고 싶었던 이유는
앞에 앉은 친구 때문이었다. 두 달간 함께 베를린에
머물렀고 우리는 며칠 후, 헤어질 예정이었다. 그간
많은 이야기를 나눴지만 오늘만큼은 말 대신 사진을
남기고 싶었다. 이 여행이 잊힐 무렵, 우리가 같이 있던

순간을 인화해서 보내주고 싶었는데 놓쳐버렸다.
사라진 아주머니의 뒷모습, 빨래가 있는 풍경,
지리산에서 찍었던 미노광 필름, 일회용카메라로 찍은
사진 같은 것들을 떠올렸다. 카메라를 가방에 넣고
수첩과 펜을 꺼내 누구에게도 보여주지 않을 일기를
쓰기 시작했다.

파리에서 만난 사진가

베를린 여행이 끝나기 며칠 전, 짐을 싸다가 한국에서
갖고 온 앙리 카르티에 브레송의 수필집을 두고 잠시
고민에 빠졌다. 베를린에 사는 한국인들에게는 한글로
된 책이 귀하다. 책이라는 사물의 무게나 용도를
생각했을 때, 타국에 사는 이들이 풍요롭게 소장하기
어려운 물건이다. 그렇기에 꼭 필요한 사람에게 이 책을
선물하고 다음 여행지로 떠나고 싶었다.

    떠오른 이가 한 명이었기에 길게 고민하진 않았다.
베를린에 오기 전부터 지인들이 몇 번씩 말했던 사람이
있었다. "혹시 포토그래퍼 송곳 알아? 다음에

소개해줄게. 둘이 만나면 좋은 친구가 될 거야."
"베를린에 간다고? 거기 사진 찍는 내 친구 송곳이
살고 있는데 가면 꼭 만나 봐." 집에서 덜어내고
싶었던 책이 마침 사진작가의 산문이었기에 송곳이라는
사람에게 전해주면 될 것 같았다. 지인들이 내준
숙제를 해결하는 마음으로 만나자는 연락을 했다.
으레 첫 만남은 어색하기 마련이다. 소개팅을 나간
사람처럼 몇 번이나 립스틱을 고쳐 바르며 카페에 앉아
그를 기다렸다. 서양인들 틈으로 동양 여자 한 명이
허겁지겁 들어왔다. 광대에 힘을 주며 인사를 했고,
준비해간 책을 건네고, 맥주를 마셨다.

대화를 막 시작할 무렵에는 내내 긴 목걸이를
만지작거렸다. 목걸이를 만지작거리며 어렵사리 꺼낸
몇 문장을 송곳은 귀 기울여 들어주었고, 나 역시도
그처럼 행동했다. 어느 순간, 이 대화를 애쓰지
않아도 되겠다는 생각이 들어 마음을 놓았다. 맥주 몇
잔에 몇 시간이 훌쩍 흘렀다. 헤어질 무렵, 그는
파리에 가고 싶다고 했다. "저 보름 후에 파리로
가거든요. 넓은 숙소를 혼자 쓸 것 같은데, 괜찮다면

176

오셔도 돼요." 처음 만난 사이라 서로에게 부담스러운 제안이란 걸 알면서도 대뜸 그런 말을 했다. 보름 후, 우리는 파리에서 다시 만났다.

베를린에서 시작된 이야기를 파리에서 이어갔다. 종일 숙소에 틀어박혀 이야기를 나누다가 하루를 보낸 적도 있고, 기껏 밖에 나가 놓고 정처 없이 걸으면서도 또 대화를 했다. 밤이 되면 주로 술을 마셨다. 가고 싶었던 곳은 대부분 가지 못했다. 일정을 세울 수가 없었다. 송곳은 사려 깊은 사람이었다. 배가 고프다고 느낄 무렵엔 요리를 하고 있었고, 말을 그만하고 싶다고 생각하고 있으면 침묵을 건넸다. 어느 날 아침, 마감할 원고가 있어 몰래 일어나 책상 앞에 앉았다. 술로 쓰린 속을 붙잡고 원고를 쓰는데 김이 모락모락 나는 따뜻한 차가 책상 위에 놓였다. 꿀을 섞은 민트 차라 숙취에 좋을 거라며 일이 다 끝나면 아침을 먹자고 했다.
　　그가 사진가라는 걸 잊어버릴 무렵, 송곳의 가방에서 카메라가 나왔다. 조심스레 카메라를 꺼내 천천히 뭔가를 찍었다. 내내 요리를 하고, 이야기를

181

들어주고 들려주던 그가 자신의 본업에 몰입하는 순간을 처음 봤다. '아, 송곳은 사진가였지.' 가만히 지켜봤다. 무엇을 찍었을까, 그가 찍은 것을 보고 고개를 돌려 송곳의 옆모습을 한번 바라봤다. 그도 마찬가지였다. 내가 멈춰서 뭔가를 찍으면 자연스레 멈춰 서서 기다려줬다. "송곳은 포토그래퍼잖아요. 그런데 우리가 같이 있는 동안 사진을 몇 장 찍지 않은 것 같아요. 혹시 내가 있어 방해가 되었어요?" "그런 건 아닌데 요즘은 잘 안 찍게 되네요. 몇 달 동안 한 롤도 찍지 않은 것 같기도 해요. 직업 사진가인 친구들 사이에는 '외국 버프' 라는 말이 있거든요. 살던 곳을 떠나오면 낯섦이 주는 기운을 받아 더 많이 찍게 되고, 아름답게 나오고 그런 것 있잖아요. 저도 그럴 줄 알았는데 그렇지가 않네요. 찍고 싶은 순간이 오길 기다리고 있어요." 왜 찍을 수 없는지를 생각해본 적이 있느냐고 물으려다 그만뒀다. 질문은 넣어두고 그가 카메라를 꺼내는 순간에는 같이 숨을 멈추고 그를 기다렸다.

둘 다 카메라를 들고 있었지만 송곳은 사진을

전공한 직업 사진가였고, 나는 취미로 사진을 찍는 에디터였다. 취미로 사진을 찍어오며 궁금했던 것을 몇 가지 물었다. "혹시 사진학과에서는 초상권에 대해 어떻게 배워요? 궁금해서 찾아보면 국가마다 조금씩 다르기도 하고 애매하더라고요. 아주 가까이서 찍힌 피사체는 초상권을 보호받지 못한다는 얘기도 들었어요. 피사체가 이미 카메라가 자신을 찍고 있다는 걸 알았는데, 그 자리에서 막지 않았다는 이유에서요. 이런저런 공부를 혼자 해나가면서 허락을 구하지 않은 사진은 찍지 않는 쪽으로 점점 더 마음이 기울어요. 기껏해야 뒷모습을 찍는데, 사실은 뒷모습에도 초상권이 있잖아요. 이렇게 생각하다가도 거리에서 만난 피사체에게 적극적으로 다가갔으면 싶을 때도 있고요. 전공 수업 때는 혹시 어떻게 배우나요?" "지금 고민하고 있는 딱 그 정도예요. 답이 없고, 찍는 사람의 마음에 맡겨진 부분이죠. 나는 피사체에게 무례한 행동은 하지 말아야 한다고 생각하는 편이에요. 술에 취해 놀다가 신이 나서 막 사진을 찍었는데 거기 잘 모르는 사람이 있다고 치면, 그것도 무례한 일이죠."

그는 얼마 전, 베를린에서 겪은 일을 들려줬다.
"길을 지나다가 아름다운 노부부를 발견한 적이
있어요. 셔터를 누르고 싶은 순간이 좀처럼 오지
않았는데, 그 순간은 찍고 싶었거든요. 그들을
지켜보다가 찍지 못하고 가던 길을 갔어요. 카메라를
들고 다른 쪽에 서 있는데 누군가 반대편이 더 예쁘니
그쪽을 찍으라며 말을 거는 거예요. 돌아보니 아까
본 할아버지였어요. 용기 내서 당신들을 찍으려다
포기를 했었다고 말했어요. 혹시 지금 찍어도
되겠느냐고 물었고 그들은 흔쾌히 알겠다고
해주었죠. 그 자리에서 제가 봤던 것과는 다르지만,
덜 무례한 사진을 찍었어요. 먼저 봤던 장면이 더
아름다웠을 거예요. 하지만 괜찮았어요. 나는 말하고
찍은 사진이 더 마음에 들어요." 그와 헤어진 후,
여행을 하며 몇 번씩 그런 생각을 했다. '이번 여행에
만약 어떤 사람을 찍게 된다면 찍고 나서 꼭 말을
걸어야지. 내가 지금 당신의 사진을 찍었다고.
이 필름 안에 있는데 원치 않으면 폐기하겠다고. 만약
괜찮다면 이 여행이 끝난 후, 스캔을 해서 당신에게

보내주고 싶다고.' 몇 번이나 연습하고 곱씹다가 결국
아무에게도 말을 걸진 못했다. 언젠가, 꼭.

한국으로 돌아온 뒤 "혹시 추천해줄 포토그래퍼 있어?"
라는 질문을 받고 송곳의 이름을 말한 적이 여러 번
있다. 얼마 전에는 "추천하고 싶다는 포토그래퍼 송곳
있잖아. 그 사람, 근데 어떤 사진을 찍는데?"라는
질문을 받았다. 그때 알았다. 그가 어떤 사진을 찍는지
잘 모른다는 사실을. 한 번도 송곳의 사진을 제대로 본
적이 없다. 함께 여행하며 중간중간 그녀의 홈페이지에
들어가 봐야겠다는 생각을 했지만, 어쩐지 손이 가지
않았다. 여전히 그녀의 포트폴리오를 제대로 본 적이
없다. 그를 만나기 전, 잡지에서 우연히 봤던 사진 몇
장은 기억나지만 그조차 가물거린다. 질문했던 이는
너무 무책임하게 누군가를 소개해주는 거 아니냐고
되물었는데, 글쎄⋯. 보지 않아도 책임질 수 있을 것
같다. 그는 좋은 사진을 찍고 있다.

시간의 틈에 앉아

파리의 한 식물원에 갔다. 온실에 들어갈까 말까,
고민하다가 그냥 정원을 구경하기로 했다. 둘러보다
벤치에 앉았고 자리가 편안해 오후의 반을 그 자리에서
보내게 되었다. 졸기도 하고, 책을 읽기도 하고,
이야기를 나누기도 하다가 그저 멍하게 앉아 있곤
했다. 가만히 한자리에 있다 보니 눈으로 들어오는
모습들이 생겼다. 어떤 사람들이 걸어가는 발의 모양,
새가 날아가는 움직임, 작은 벌레들이 곁에 왔다
사라지는 찰나, 유아차나 지팡이가 눈앞에서 천천히
굴러가는 것. 이런 일들을 들여다봤다. 정원 안에

머무는 풍경은 누구를 괴롭히기 위한 것이 거의 없었다. 사물도 있긴 했지만, 대부분 살아 있었고 그런 것들이 저마다의 속도로 지나는 것을 보았다. 그날 일기에는 이런 게 적혀 있다. "시간에는 틈이 있는 것 같다. 그 틈을 발견하는 일은 흔치 않은데, 어쩌다 발견하게 되면 선물을 받은 것 같다. 틈으로 움직이는 사람, 동물, 곤충, 사물을 바라봤다. 앉아 있던 곳이 정원이었기에 가능한 일이었다."

한 '영역'을 한꺼번에 전부 볼 수 있도록 눈의 근육을 풀고 뒤로 물러나 앉는다. 여기저기로 눈길을 돌리지 않는다. 매우 엄격한 노력을 요구하지만 사진 찍는 연습으로 이보다 더 좋은 훈련은 없다.
— 필립 퍼키스『필립 퍼키스의 사진강의 노트』 중에서

그렇게 반나절간 가장 오래 관찰한 것은 나무 한 그루였다. 커다랗고 튼튼한 나무들 틈에 가지가 얇고

힘없어 보이는 녀석이 있었다. 책을 무릎에 덮어두고
멀리서 그 나무를 봤다. 가지가 곡선을 만들었는데
그 모양이 오묘해서 이리저리 고개를 돌려봤다.
더 가까이 보고 싶어 책은 벤치에 내려두고 나무에
가까이 다가갔다. 도대체 무슨 나무지, 하며 이름을
확인했지만 불어로 적혀 있어 알아볼 수 없었다.
멀리서 봤을 때는 삐쩍 마른 것 같았지만 가까이서
보니 열매도 많이 달렸고, 어딘지 모르게 단단했다.
"너 제법 근사하다"라고 나무에 말했다. 화려한 꽃과
커다란 나무가 가득한 정원에서 이렇게 눈에 띄지 않는
나무를 오래 들여다보고 있으니, 어쩐지 흐뭇했다.
오만한 마음으로 나무를 지켜보다가 자리로
돌아갔다. 한참 읽고 있는데 인기척이 느껴져 책을
내렸다. 노인이 나무 앞에 서 있었다. 내가 했던 것과
비슷한 동작으로 뒷짐을 지고 나무를 훑었다. 한참을
그렇게 서 있다가 친구를 데려와서 뭐라 말하고
사라졌다. '한가한 노인이구나' 하고 생각하는데
얼마 후에 또 다른 여자가 왔다. 그렇게 몇 번이나
사람들은 그 앞에 서서 요상한 마음이 들게 하는

188

나무를 들여다봤다.

> 공원의 벤치나 숲속의 바위에 앉아 사방을 둘러보면
> 내가 보는 대상에 따라 시야가 급속히 바뀌는 것을
> 깨닫게 된다. 나는 여기서 저기로 시선을 돌린다.
> 다시 말하면 주위를 '둘러본다'. 내가 바라본
> 전체가 한 장의 사진으로 조합되어 마음속에
> 각인된다. 우리가 과학 시간에 들었던 지리멸렬한
> 설명과는 다른 무언가가 진행되고 있다. 다시 말해
> 나의 뇌와 눈은 얼마간 서로 공모자인 셈이다.
> 일방통행이 아니라 쌍방통행이다.
> ― 『필립 퍼키스의 사진강의 노트』 중에서

한국에 돌아와, 어느 사진가의 SNS에서 그 나무
사진을 보고 반가웠던 적이 있다. 댓글을 달거나
알은 체하기가 쑥스러워 스쳐 지나갔는데, 우연히
한 행사에서 잡지를 팔고 있는 그녀를 발견했다.
잡지를 계산하며 용기내서 슬쩍 말을 걸었다.
사진 잘 보고 있다, 고 말하며 나무 얘기를 꺼냈다.

"파리 식물원에서 같은 나무를 찍어 신기했어요."
사람이 지나치게 많았고 그녀는 내 말을 듣지 못한 것
같았다. 적당히 웃었던 것을 보면. 왜 하필
그 나무를 찍었느냐고 물으며 여러 이야기를
나누고 싶었지만 사람들에게 밀려 돌아서야 했다.
그녀도 그 앞에 오래 서 있던 사람들 중 하나였을까.

    어떤 것들은 시간의 틈을 통해 들어온다.
운이 좋다면 빠르게 걷다가도 발견하게 되지만, 보통
천천히 걷거나 멈춰 있을 때, 그것들이 온다. 눈에
와준다. 그때 받았던 느낌을 다시 느끼고
싶어 어느 공원이나 거리에 앉아 뭔가를 바라보기도
하는데, 작정하면 또 그때처럼 뭔가 보이지는 않는다.
언젠가 또 가만히 앉아 있다 보면 그런 나무를 한 그루
발견할 수도 있겠지. 바라본 시간만큼 어떤 것은
선명하게 기억하게 될지도 모르겠다.

프레임은 사진가가 조작한 시각이지 결코
자연스러운 것이 아니다. 그런 점에서 본다면
프레임이 사진 내용에 가장 큰 영향을 미친다는

사실은 대단히 역설적이다. 프레임 안에 들어온
것과 프레임 밖으로 밀려난 것, 프레임 안에서
빼버려도 상관없는 것은 무엇인지가 종종 사진에서
중요한 의미를 차지한다.
— 『필립 퍼키스의 사진강의 노트』 중에서

구멍 너머의 일

"볼 것 같아?" "글쎄, 선아는?" "나도 글쎄⋯." "어쩐지 들여다보게 될 것 같지 않아?" "아무래도 그렇겠지?" 어느 호텔에 묵는데, 옆방 신혼부부가 잠을 자고 있다. 그 방과 내 방 사이에 구멍이 뚫려 있고 그들의 정사를 몰래 훔쳐볼 수 있다면 그 너머를 볼 것인가, 에 대한 대화였다. 이야기의 시작은 함께 본 영화 〈바이 더 씨〉에 있었다. 권태로운 중년의 부부가 여행을 떠나 바다 옆 호텔에 묵는다. 그들은 우연히 구멍을 하나 발견하고 그걸 통해 옆방의 신혼부부를 훔쳐보게 된다. 서로의 몸을 만지는 일에

신이 난 옆방 커플을 훔쳐본 나이 든 부부는 처음
이 호텔에 들어왔을 때와는 조금씩 달라진다.
좀처럼 짓지 않던 웃음을 짓기도 하고, 알 수 없는
야릇한 눈빛으로 서로를 바라보기도 한다.

　　"볼 것 같아?"라는 질문으로 시작한 이야기는
꼬리를 물고 타인의 은밀함에 대한 내용으로 이어졌고,
나는 어린 시절 누군가의 일기나 편지를 몰래 본 것을
털어놓았다. 친구는 일부러 비밀을 만들어 숨겨둔
경험을 이야기해주었다. 그러다가 한 사진관에 대한
이야기가 나왔다. 수년째 한 사진관에 필름을
맡겨왔다. "언제부터 거기에 필름 맡겼어?" "음,
2008년 즈음에는 코스트코에서 필름 현상과 스캔을
해줬었거든. CD로 스캔한 사진을 구워주는 것까지
1,500원이었던 걸로 기억하는데, 그보다 싼 곳은
없었지. 그러다 한 지점씩 서비스를 중단하기
시작하더니 결국 어느 지점에서도 해주지 않게 되었어.
그래서 여기저기 찾다가 그 사진관을 알게 된 거야.
코스트코 다음으로 저렴한 곳이었거든. 잘은 기억나지
않지만 얼추 10년은 되지 않았을까?" 필름을 맡기러

가거나 찾으러 갈 때, 사진관 주인 뒤로 종종 모니터가
보였다. 줄지어 늘어선 필름으로 보이는 화면에는
이제 막 스캔한 다른 사람들의 사진이 띄워져 있었다.
'사진관 주인은 여기에 필름을 맡기는 사람들의
사진을 다 볼 수 있겠지?'라는 생각을 잠시 했는데,
구멍 이야기가 그 의문을 다시금 떠올리게 해주었다.

　　그 사진관에서 스캔한 필름 중에는 남이 보면 안
되는 것도 있었다. 연인의 엉덩이도 있었고, 팬티만
입고 거울에 비친 나를 찍어둔 것, 친구가 자면서
가슴팍을 긁던 사진도 있다. "주인은 그걸 다
봤을까." 그런 얘기를 친구에게 들려주다가 사진관
주인이 한 번도 내 이름을 부른 적이 없다는 사실을
알아차렸다. 그렇게 여러 번 갔지만 "선아 씨,
오셨어요?"라던가 "이번 필름 좋던데요" 같은 말을
한 적이 없다.

가족들과 일본의 몰락해가는 온천 마을에 다녀왔다.
줄지어 늘어선 건물들은 하나같이 색이 바랬고 대부분
문을 닫았기에 마치 일본 애니메이션에 나오는 유령

마을 같았다. 그 스산한 틈에 단정하게 문을 열어둔
호텔이 있었기에 우리는 그 안으로 들어갔다.

　　카운터 앞에서 "스미마센"이라고 몇 번을 외쳐도
아무도 나오지 않았다. 무심결에 발견한 탁상 종을
세게 치니 안쪽에서 한 노인이 나왔다. 온천 입장료는
500엔, 한화로 5,000원 정도였다. 대화가 잘 통하지
않았고 그는 지하로 내려가라는 손짓을 했다.
온천장으로 가는 길은 어두웠지만 어쩐지 무섭지는
않았다. 낡긴 했지만 누군가의 손길이 꾸준히 닿아
있었다. 탈의실에 들어서자 여섯 개의 바구니가 보였고,
그 너머로 온천과 바다가 보였다. "와!" 엄마, 여동생
그리고 나는 그 자리에 멈춰서 한동안 감탄만 했다.
세상에 이런 곳도 있구나. 바구니에 아무렇게나 옷을
벗어 던지고 온천으로 뛰어들었다. 바다가 보이는 따뜻한
욕조, 이곳에 우리 가족밖에 없다니. 우리는 큰 소리로
행복을 이야기했다. "너무 좋다! 최고야! 행복해!"
이런 말들을 호들갑 떨며 해본 게 언제였을까. 웃고 있는
엄마와 동생을 뒤로 하고 탈의실에 가서 카메라를
꺼내왔고, 한 번도 찍은 적 없는 사진을 찍게 되었다.

처음에는 조심스레 그들의 뒷모습을 찍을
생각이었는데 두어 장을 찍고 나자 나도 모르게 앞으로
가버렸다. 어떤 일들은 그저 아름다워서 담아두려는
것들이 있는데, 이번에는 그런 유는 아녔다. 시간이
흐른 뒤에 나 혼자 오래 들여다보고 싶은 순간이었다.
"언니, 지금 우리 알몸을 찍는 거야?" 동생이 놀라
물었지만 대답을 하지 않고 셔터를 눌렀다. 내 작은
카메라를 흘긋 보던 엄마와 여동생은 이내 하던
이야기로 돌아갔다. 한동안 찍고 싶은 것이 없었다.
카메라를 가방에 넣고 나갔지만 꺼내는 일은
드물었다. 일본에 가기 직전에는 멜버른에 갔었는데,
거기서도 필름 한 롤을 채 찍지 않은 것 같다. 몇 달
내내 카메라에 들어 있기만 하던 필름 한 롤을 그
온천에서 다 썼다. 당연히 사진을 안 찍을 줄 알고
필름도 더 챙겨가지 않았기에 딱 한 롤뿐이었다.

여행은 끝났고 지금 내 책상 위에는 그때 찍은
필름이 있다. 직접 현상할 수 있으면 좋겠지만,
그럴 수 없으니 사진관에 맡기겠지. 사진관 주인이

이 필름에 담긴 것을 보게 될까. 나로선 어쩔 수 없다.
어쩔 수 없는 일들을 생각하길 그만두고, 바다 옆에 있는
호텔을 하나 그려본다. 어느 방의 벽에는 작은 구멍이
하나 뚫려 있다.

이미 정해진 환갑 선물

제주를 여행하다 들른 카페에서 사진집 한 권을 보게
되었다. 가로로 넓적한 노란 책에는 'The Brown
Sisters, Forty Years'라는 제목이 붙어 있었다.
첫 페이지를 펼치자 왼쪽에는 '1975년'이라는
글자가, 오른쪽에는 20대 초반 정도로 보이는 여자
넷의 상반신 사진이 보였다. 다음 페이지를 펼치니
1976년, 그다음 페이지에는 1977년, 여자들은 매년
같은 순서로 나란히 서서 사진을 찍은 듯했다. 구도나
배경에는 별다른 차이가 없었지만 한 장씩 넘길수록
인물들이 나이가 들어간다는 사실만은 뚜렷하게

보였다. 옷의 스타일이 제각각 바뀌고, 피부에는
주름이 지고, 짙고 윤기 있는 머리카락은 색과 굵기가
변해갔다. 한 장씩 넘길 때마다 365일 정도가 흐르는
셈이었지만 보는 이에게는 종이 한 장이었기에 시간은
빠르게 흘러갔다. 책의 끝에는 네 여자 모두 공평하게
할머니가 되어 있었다.

　　미국 출신의 사진가인 니콜라스 닉슨(Nicholas
Nixon)은 부인과 그의 자매들을 매년 한 장씩, 총 36
년간 찍었다고 한다. 그는 스물여섯의 여름에 처음으로
네 자매를 촬영했고 매년 같은 일을 반복했다. "사진을
촬영할 때, 찍으려는 범위를 크게 할 수 있고, 작게 할
수도 있습니다. 하지만 삶 전체를 찍을 수는 없지
않습니까? 좋은 사진가나 위대한 사진가가 되려는
사람도 있습니다. 나는 작은 것이 모여서 큰 것이 된다고
생각합니다. 하루하루의 날들이 모이고 이어져서 인생이
됩니다." 그의 인터뷰에서 이 대목을 읽다가 좋아하는
사진집 한 권이 생각났다. 『윤미네 집』이라는 책인데,
윤미의 아버지인 전몽각은 윤미가 태어났을 때부터
시집갈 때까지 가까이서 가족들의 시간을 사진집으로

엮어냈다. 윤미가 갓 태어나 엄마 품에 안겼을 때,
학교에 입학할 때, 교복을 입어볼 때, 결혼식을 올릴
때까지, 26년이라는 세월 속 어느 반짝거리는
순간들이 그의 책에 들어 있다.

왜 장가 못 가느냐고 주변에서 핀잔 받던 내가
어느 사이엔가 1녀 2남의 어엿한 가장이 된
것이다. 아이들을 낳은 후로는 안고 업고 뒹굴고
비비대고 그것도 부족하면 간질이고 꼬집고
깨물어가며 그야말로 인간 본래의 감성대로
키웠다. 공부방에 있다 보면 아이들의 깔깔대는
웃는 소리가 온 집 안 가득했다.
그 소리에 이끌려 나도 몰래 아이들에게 달려가
함께 뒹굴기도 일쑤였다. 그야말로 사람 사는 집
같았다. 나는 이런 사람 사는 분위기를 먼 훗날
우리의 작은 전기(傳記)로라도 남겨야겠다는 생각을
하고 있었다. 그래서 집에만 돌아오면 카메라는
언제나 내 곁에 있었다.
— 전몽각 『윤미네 집』 중에서

204

여행을 끝내고 돌아온 뒤에도 한동안 두 권의 사진집에 사로잡혀 있었다. 하루에도 몇 번씩 그들의 사진집을 이리저리 들춰보며 두 사진가를 생각하다가 덜컥 친구에게 전화를 걸었다. "너 환갑 선물을 정했어!" 친구는 무슨 소리냐며 웃었다. 전화를 끊자마자 외장하드에 '환갑 선물'이라는 폴더를 하나 만들고 그 안에 친구들 이름 폴더를 몇 개 더 만들었다. 그간 찍은 사진들을 뒤져 마음에 드는 친구들 사진을 각자 폴더에 골라 담았다.

친구들의 환갑에는 이 폴더에 모아둔 사진으로 사진집을 만들 생각이다. 그 궁리를 하면서 사진을 고르다 보면 시간이 꽤 걸린다. 친구의 인생에서 아름다웠던 순간들이 언제인지, 제대로 증명해 보이려면 어중간한 사진을 남길 순 없다. 먼 훗날에 친구가 이 사진을 보고 '내 삼십대가 이렇게 초라했나' 생각하지 않도록 내가 본 그의 모습 중 가장 반짝이는 것을 추린다. 그러려면 사진 속 얼굴을 오래 들여다봐야 하고, 작업을 반복하다 보면 익숙한 얼굴이 낯설어지기도 한다.

잡지와 단행본을 만드는 일을 해봤기에 '책으로 만든다'는 가정을 했을 때 필요한 요소들을 미리 계산하며 준비할 수 있다. 잡지사와 출판사를 그만둔 뒤로는 도통 쓸 일이 없지만, 이럴 때 꺼내 쓸 수 있는 유용한 기술이다. 우선, 두꺼운 책으로 엮어내는 일은 피하고 싶다. 그러려면 채우기보다는 버려야 한다. 아깝다고 느껴져도 매년 한두 장의 사진만을 폴더에 넣어둔다. 나중에 가서 캡션 때문에 애를 먹지 않도록 파일명은 사진 이름과 연도로 적어둔다. 얇고 담백한 두께이지만 친구들이 사진 속 주름 한 줄도 자세히 감상할 수 있도록 판형은 졸업 앨범 정도로 생각하고 있다. 평생의 아름다움을 모은 무게를 담아 양장본으로 만들고, 표지색은 그 친구의 얼굴을 떠올리면 단번에 떠오르는 것으로 정하려고 한다. 딱 두 권만 제작해서 한 권씩 나눠 가질 거다. 세상에 단 두 권만 있는 책. 65살 즈음, 책꽂이에는 몇 가지 색의 얇고 커다란 책이 꽂혀 있겠지.

한번은 오랜 친구가 성형수술을 한 후, SNS에 있던

자신의 사진을 지워달라고 부탁한 적이 있다. 당연한
마음이라 여기며 별다른 말을 하지 않았지만, 슬펐다.
수술한 친구 얼굴은 새롭게 아름답지만 이전의 얼굴도
내게는 귀하고 귀한 아름다움이었다. 나는 그의 예쁜
구석을 여럿 알고 있었다. 친구는 두툼한 눈두덩이가
귀엽고 사랑스러웠다. 쌍꺼풀 없이 긴 눈임에도 옆에서
계속 바라보면 입체적으로 느껴져 신기할 때가 있었다.
활짝 웃으면 잇몸에 붙은 덧니가 보였는데, 그것과
말랑한 볼, 동그란 코의 조합이 얼마나 예뻤는지
모른다. 무엇보다 피부가 하얗고 맑았다. 겨울에는 온
얼굴이 살짝 붉어지는데, 학교 옆 논두렁을 걷다가 옅은
분홍색으로 변한 코를 보면 실없이 웃음이 나왔다.
친구는 그때마다 왜 웃느냐고 물었는데 쑥스러워서 선뜻
"네가 너무 아름다워서"라고 말하지 못했었다.

　　친구에게는 아무 말도 못 하고 사진을 지웠다.
SNS에서는 지워졌지만 내 외장하드의 폴더에는 여전히
그때 사진들이 남아 있다. 그의 60번째 생일에 사진집을
건넬 때는 지금 못 다한 말들을 꼭 전해야지. 그의
사진에서 사랑스러운 구석을 손가락으로 일일이

짚어가며, 네 10대가 얼마나 충분했는지 설명할
거다. 이제는 볼 수 없는 그 모습을 나는 이 사진을
보며 종종 그리워했다고, 네 아름다운 얼굴을
지워달라고 해서 너무 서운하고 아쉬웠다고. 그때가
오면, 친구는 또 어떤 아름다운 얼굴을 하고 내
소란을 유심히 들어줄까.

어떤 주름들

언제부터 시작한 일인지 모르겠지만, 지방에 갈 일이
생기면 그 동네의 낡은 호텔을 찾아본다. 몇 번
반복하고 나니 이름만 보아도 어느 호텔이 오래되었는지
느낌이 온다. 막상 누가 "그럼 이 중에 가장 먼저 지어진
호텔은 어디게?" 하고 물으면 맞출 자신은 없지만,
오래된 호텔 이름을 늘어놓고 비슷한 구석을 설명하라면
두서없이 떠들 수 있을 것 같다.

　전에 살던 동네에도 그런 호텔이 하나 있었다. 나는
그 호텔 뒤편에 살았고, 우리 집에 가려면 호텔 이름으로
만들어진 버스 정류소에 내려야 했다. 꾸벅꾸벅 졸다가

익숙한 호텔 이름이 들리면 재빠르게 정차 벨을
눌렀고, 내릴 때마다 호텔과 정면으로 마주쳤다.
버스는 정류장 푯말 바로 앞에 서지 않고 제멋대로
뒷문을 열었기에 기억하는 호텔의 모양 역시 여럿이다.
화단의 동그랗고 낮은 나무들, 눈이 쌓인 계단, 호텔
이름이 적힌 알록달록한 네온사인…. 그 호텔의
이름을 들으면 떠오르는 풍경이다. '언젠가 이 호텔에
묵어보고 싶다'고 생각만 하다가 들어가 본 것은 그
동네를 떠나고 5년 정도 흐른 뒤였다. "여기가 내가
가고 싶다던 그 호텔이야." 함께 있는 친구에게
이렇게 말하며, 호텔 앞에 섰다. 건너편 곱창집에서
마신 술에 적당히 취해 있었다. 어두컴컴한
엘리베이터를 타고 객실로 올라갔고, 승강기만큼이나
음산한 복도를 지난 기억이 어렴풋이 난다. 방에
들어가자마자 침대에 누웠다. 술기운이 올라왔고
천장은 적당히 빙글빙글 돌아갔다. "나는 낡은
호텔을 찾아다니는 취미가 있어. 오래된 호텔에는
주름이 있거든? 유독 아름다운 주름이 진 호텔들이
있는데, 거기에 누워 그 결을 하나씩 세어보는 일을

좋아해." 친구가 자기 메모장에 내가 한 말을 적어두지
않았으면, 이 이야기는 영영 잃어버렸을 거다.

호텔 침대에 누워 세어본 결이 어땠더라, 떠올리려고
애쓰다 보니 또 다른 주름이 생각났다. 느린 식사를
하던 아침이었다. 천천히 빵을 한입 먹고, 질문하고,
커피를 조심스레 한 모금 마시고, 답을 했다. 여러
질문과 답을 잇다가 이런 물음이 내게 왔다. "나이 든
사진가의 한쪽 눈가에는 깊은 주름이 있으려나?" 몇
포토그래퍼의 얼굴을 떠올려봤지만 주름이 떠오를 리
없었다. 엉성한 오전이었기에 사진가의 이름을 검색할
부지런함도 있을 리 없었겠지. 다만 앉은 자리에서 그런
얼굴을 상상할 게으름만큼은 넉넉했다. 마주 앉은
우리는 한 사람씩 사진 찍는 시늉을 해보았다. "어때?
지금 내 눈가에 주름이 져?" "어, 어, 생긴다. 근데
눈가에만 생기는 건 아니고 콧등이랑 미간에도 주름이
지네!" 평생 카메라를 손에 쥐고 다닌 어느 얼굴을
상상해보고 그 주름을 믿어보는 것만으로도 자세를 고쳐
앉을 이유는 충분했다. 웅크렸던 무릎을 펼쳐 아빠

다리로 앉아 허리를 곧게 세웠다. "내 주름들은 내가 보낸 시간을 따라 만들어지겠지?" 억지로 눈가에 힘을 주며 웃어 보였다.

　　호텔이란 곳은 폐업하지 않는 이상 휴일이 없을 거다. 메이드는 매일 그 건물에 들어 있는 것들을 청소한다. 손님이 문을 열고 들어갔을 때, 방 안은 누구의 손길도 닿지 않은 듯 태연하다. 잘 짜인 매뉴얼을 따라 부지런히 쓸고 닦아 말간 얼굴을 유지하는 것이다. 오랜 호텔의 주름이란 건 그 일이 수없이 반복된 다음에야 볼 수 있다. 시간이 흐르며 가구나 커튼이 낡고, 로비의 대리석도 유행과는 거리가 생겼을 때, 그 틈에 보이지 않는 선명한 주름이 생긴다. 세월이 지난 자리에만 남을 수 있는 일종의 무늬. 화장실의 옥색 세면대나 욕조, 적당히 바랜 벽지, 날카롭던 끝이 닳아버린 테이블…. 그런 곳을 자세히 들여다보면 예쁘고, 아름답고, 우아한 결이 보인다. 정말, 보인다.

지난봄에는 경주에 갔다. 가고 싶던 호텔이 있었지만

문을 닫아 들어갈 수 없었다. 하는 수 없이 건너편의
덜 오래된 호텔에 묵었다. 밤 산책을 하며 폐쇄한 호텔
건물을 바라봤다. 주위를 둘러보니 그럴싸한 이름을
달고 빛나는 호텔이 여럿 보였다. 불이 꺼진 어두운 저
건물도 한때는 반짝거렸겠지. "이제 저기 못 가네."
아쉽다고 말하려다 꾸역꾸역 삼켜버렸다. 오늘도
거울을 보며 팔자 주름을 슬쩍 펼쳐보던 내가 해서는
안 될 말인 것 같았다.

   아쉬움을 넣어두고 침대에 누워 벌였던 일들을
떠올려본다. 나와 비슷하게 젊은 몸을 있는 힘껏
끌어안던 밤도 있었고, 해가 뜨는 줄 모르고 밤새도록
이야기만 늘어놓던 시끄러운 밤도 있었다. 아침에 눈을
뜨자마자 다시 밤이 오면 좋겠다며 이불 안에
숨어들어간 두 사람은 즐거웠겠지. 노래 한 곡을
반복해서 듣다 잠이 들어, 아침에도 그 소리에 잠이 깬
날도 잊을 수가 없다. 그 리듬에 맞춰 꾸었던 요상한
꿈들은 어디로 사라졌으려나… 아, 거기에서 꾼 꿈 중에
이런 게 있었다. '할머니가 되면 늙은 나를 찾아오는
일을 취미라 불러주는 어린 친구가 생기면 좋겠다.'

잘 늙은 호텔처럼 시간을 들여 만든 주름을 소리 없이
보여주는 어른이 되길 바라왔고 여전히 바라고 있다.
그때가 되면 카메라를 갖다 대는 한쪽 눈가에는
반대편보다 짙은 주름이 질까. 아직은 내 것이 아닌
예쁘고, 아름답고, 우아한 주름을 미움 없는
마음으로 기다려본다.

바르다, 안녕하세요. 당신이 세상을 떠난 지 두 달째
되는 날, 편지를 씁니다. 그동안 당신의 영화 몇 편을
다시 보았고 며칠 후 개봉하는 마지막 작품을 기다리고
있습니다. 당신이 죽은 일은 슬프지만 당신이 죽었다는
이유로 지난 작품들을 상영해주어 고마운 마음으로
영화관을 찾아가고 있습니다.

요즘 저는 영상 편집하는 법을 배우기 시작했습니다.
영상에서는 시간 개념을 '프레임(frame)' 그러니까
필름 한 장으로 측정한다고 하더군요. 보통 1초는
24개의 프레임으로 구성되고 이 프레임을 연속적으로
스크린에 영사하면 잔상 효과로 마치 움직이는 것처럼
느껴지게 되는 것이죠. 24개의 사진이 연결되며 1초를
만들고, 또 24개를 더하면 2초가 되고, 그다음에 3초,
4초, 5초, 시간이 흐르게 됩니다.

당신은 영상을 찍기 이전에 사진작가로 활동했다고
들었습니다. 사진만으로 전하기 어려운 메시지를

영상으로 전달하고자 영화를 선택했다고요.

그때 이야기를 더 듣고 싶지만, 제가 읽을 수 있는 당신의 자료는 한계가 있습니다. 누군가 당신의 영화를 평론한 글이나 인터뷰를 찾아 읽기도 하지만, 그보다는 당신이 만든 것을 계속 보는 쪽을 좋아합니다. '왜 사진을 찍다가 영상으로 옮겨가게 되었을까.' '이 영화를 통해 뭘 말하고 싶었을까.' '이 이야기는 어디에서 구했을까.' 그런 걸 궁금해하며 당신의 영화들을 아껴 봅니다.

그 와중에 제 멋대로 당신을 상상해본 영화가 있습니다. 1983년에 나온 〈율리시스〉입니다. 영화에서 당신은 28년 전에 찍은 사진 한 장을 들고 사진 속 풍경으로 찾아갑니다. 1954년 5월에 해변가에서 찍은 사진의 왼편에는 벌거벗은 남자의 뒷모습, 그 바로 옆에는 어린아이가 자갈밭에 앉아서 카메라 쪽을 바라보고 있습니다. 카메라와 가장 가까운 오른쪽에는 죽은 염소 한 마리가 누워 있지요. 당신은 사진 속 아이와 남자를 각각 찾아갑니다. 그들은 자라거나 늙었고 당신처럼 그 순간을 생생하게

기억하지 못했습니다. 당신과 그들은 30여 년간 변해버린 일들 혹은 애초에 다르게 기억된 기록을 이야기합니다.

당신은 영화가 흐르는 내내 틈틈이 미소를 짓습니다. 〈율리시스〉뿐만 아니라 당신은 자신이 만든 영화 속에 자주 등장하고 그때마다 슬쩍 웃어 보입니다. 이야기가 무엇이든, 그걸 담는 방식이 무엇이든, 그 옅은 웃음을 보면 저는 당신의 말을 믿어보게 됩니다. 주변 사람들이 아무리 그 상황을 기억하지 못한다거나 다르게 이야기하더라도, 의심하지 않고 당신이 전하고자 하는 이야기는 '거기에 있었다'고 생각하곤 합니다. 24개의 프레임이 모여 1초를 만들고 그것이 영상이 되는 일처럼 자연스러운 일입니다.

당신이 사진을 찍다가 영상을 만들게 된 이유가 "사진만으로 전달하기 어려운 메시지를 영상으로 전달하고자였다"는 얘기로 돌아가 봅니다. 영화를 막 찍기 시작했을 때, 당신은 시네필이 아니며 영화를 많이 보지 않는다고 털어놓았다고요. 사람들은 당신을 무시하고 자격을 인정하지 않았다고 들었습니다.

'시네필이 아닌 사람이 무슨 영화를, 영화도 몇 편
안 본 사람이 무슨 영화를, 사진을 찍던 사람이 무슨
영화를!' 그런 말들에 아랑곳하지 않고 당신은
영화감독이 되었습니다. 자신이 발견한 장면들을
이어 하나의 이야기를 만들어냈고요. 한 번이 아니라
계속 해나갔습니다. 굴하지 않고 누군가들이
만들어놓은 방식을 해체하며 하고자 하는 이야기를
멈추지 않았지요. 그러곤 누군가 당신이 하는 것과
다른 이야기를 하는 것을 발견하면 그저 미소를 지어
보입니다. 그리고 자신이 믿는 것을 말합니다.

　　저는 틈틈이 글을 쓰고 사진을 찍습니다. 앞서
말한 것처럼 요즘은 영상을 배우고 있고요. 있었던
일을 쓰고 찍지만 저는 제가 만든 대부분의 것들이
거짓일 거라 여깁니다. 그렇다고 그걸 읽거나 보는
이들에게 "저는 거짓말을 하고 있습니다"라고
말하기에 그것은 너무나 사실입니다. 제 믿음 안에서
그것은 분명하게 있었던 일이니까요. 당신의 영화를
보며 그 '믿음'이라는 것을 생각합니다. 그것이
글이든 사진이든 영상이든, 이야기를 만드는 이는

보는 이에게 그것이 있었다고 믿게 만드는 사람이
아닐까. 그런 생각을 하게 됩니다.

당신은 90세에 세상을 떠났습니다. 그때까지
호기심 많은 눈을 매번 선명하게 뜨고 '있었다!'고
말하고 싶은 일을 찾아냈습니다. 자신이 본 일이
분명하게 있었다고 믿으며 사진을 찍고 그 프레임을 이어
영상을 만들었습니다. 당신이 사진이나 영상이 아닌
다른 도구를 알았더라면 그것 역시 과감히 사용했을
거라 생각합니다. 아마 시간이 더 있었더라면 당신은
더 많은 것을 만들었겠지요. 저 역시도 작가니 사진가니
하는 이름들에 연연하지 않고 하고자 하는 이야기를
전하는 일만을 생각하고 싶습니다. 제게는 아직 얼마
남았는지 모를 시간이 남아 있습니다. 좋은 이야기를,
제가 가진 아름다운 재능을 아낌없이 쓰며 살아내고
싶습니다.

그동안 있었던 일을 보여준, 믿음의 근거를
마련해준 당신에게 고마움을 전합니다.

에필로그

다 쓴 원고를 가까운 옆 사람에게 읽어주는 일은
오랜 습관 같은 것이다. 소리 내어 읽다 보면 눈으로
퇴고할 때 발견하지 못한 실수를 찾아낼 수 있다.
무엇보다 첫 독자의 반응을 살필 수 있게 되는데,
대게 옆 사람은 "아, 좋다" 짧은 신음 같은 감탄과
함께 무엇이 좋았는지를 말해주곤 했다. 그 시간은
내게 탈고를 알리는 건배 같은 의식이었다.

　재휘는 조금 다른 부류의 옆 사람이다.
"아, 좋다. 그런데 있지, 첨언하는 게 조심스럽지만
한번 들어볼래? 맨 마지막 문단은 지나치게 설명해서

오히려 앞부분의 매력을 반감시키는 것 같아.
중간 어딘가 할머니 얘기가 나오는 문장을 차라리
그 자리에 넣어보는 것은 어떨까?" 짚어준 부분으로
돌아가 보면, 오래 고민하다 꼬여버린 문장이나 아예
포기하고 묻어둔 문단이 있었다. 그와 나란히 앉아
이리저리 글을 살핀 퇴고 과정이 이번 책을 만들며
가장 아름다운 순간이었다.

　　재휘는 제대로 된 원고를 써본 적이 없고 책을
많이 읽는 타입도 아니다. 그런 그가 글에 대한 재능을
지녔다는 것이 놀라워 호들갑을 떨며 글쓰기를 권했지만,
고개를 저었다. 어떤 옆 사람은 자신이 가진 재능을
모르고 지나치기도 하고, 알게 되어도 영 무관심하기도
하다. 재휘가 자신의 가능성과 가치를 재능이라 여기지
않는 점이 멋지고 부럽다. 그가 가진 여러 희망이 천천히
반짝이는 순간을 오래도록 지켜보고 싶다.

　　나의 오래될 친구 재휘에게 이 자리를 빌려
고마움을 전한다.

15 『영혼의 시선』, 앙리 카르티에 브레송 지음,
  권오룡 옮김, 열화당, 2006

65 『변신·시골의사』, 프란츠 카프카 지음,
  전영애 옮김, 민음사, 1998

68 〈그저 바라보는 것의 신비〉(Just to See:
  A Mystery), 이진주 연출, 2017

114 〈스모크〉(Smoke), 웨인 왕 연출, 1995

154 〈클레어의 카메라〉(Claire's Camera),
  홍상수 연출, 2018

187 『필립 퍼키스의 사진강의 노트』, 필립 퍼키스
  지음, 박태희 옮김, 안목, 2011

204 『윤미네 집』, 전몽각 지음, 포토넷, 2010

우아한 언어

초판 1쇄 발행 2023년 4월 5일 **초판 6쇄 발행** 2024년 11월 27일

지은이 박선아
펴낸이 최순영

출판1 본부장 한수미
컬처 팀장 박혜미
편집 박혜미
디자인 신신
한글 서체 디자인 김태룡(산작, 2022)

펴낸곳 ㈜위즈덤하우스 **출판등록** 2000년 5월 23일 제13-1071호
주소 서울특별시 마포구 양화로 19 합정오피스빌딩 17층
전화 02) 2179-5600 **홈페이지** www.wisdomhouse.co.kr

ⓒ 박선아, 2023

ISBN 979-11-6812-604-6 (03810)